二見文庫

隣室は逢い引き部屋

葉月奏太

目次

第一章　隣室の秘密　7
第二章　人妻と覗く穴　59
第三章　聞こえてくる声　118
第四章　ハーレムで流されて　167
第五章　新居でふたりきり　225

隣室は逢い引き部屋

第一章　隣室の秘密

1

「いらっしゃいませ！」

野々宮麻里《ののみやまり》の溌剌《はつらつ》とした声が店内に響き渡る。

麻里は愛らしい顔立ちと元気な接客で人気のアルバイトだ。明応《めいおう》大学の四年生で二十二歳、今日もセミロングの明るい色の髪を揺らして、弾むような足取りで店内を動きまわっていた。

ここは東京西部の小さな街にある小さな居酒屋だ。店名はオーナー店長の星野《ほしの》小鉄《こてつ》から取って『小鉄』という。

カウンター席が六席にボックス席が三席だけだが、学生の飲み会や仕事帰りのサラリーマンなどで、平日でもほぼ満席になる。売りはなんと言っても、星野の作る創作料理だ。

さまざまな店で修業を積んだため、レパートリーがとにかく広い。焼き鳥からパスタ、麻婆豆腐までなんでもあり、しかも、どれを食べても絶品だ。人気が出るのも納得の店だった。

(麻里さん、今日も元気だな……)

吉岡純也《よしおかじゅんや》はカウンターの前に立ち、料理ができあがるのを待っていた。

麻里はデニムのミニスカートに白いTシャツ、その上に赤いエプロンをつけている。エプロンの胸当て部分が大きく盛りあがっており、どうしても気になってしまう。

どんな乳房をしているのか、勝手に妄想がふくらんでいく。きっと白くてマシュマロのように柔らかいに違いない。乳首は鮮やかなピンクだろうか。いや、意外と濃い紅色かもしれない。

剝き出しの太腿もまぶしくて、ついつい視線が引き寄せられる。肌には染みひとつなく、シルクのように艶々していた。

(触ってみたいなぁ……)

童貞なので、なおさら妄想が加速してしまう。

麻里は働き者のようで、いつも、忙しくなるほどてきぱき動く。すると、エプロンごしでもわかる大きな乳房がタプタプ弾むのだ。愛らしい顔で巨乳とは、もはや無敵ではないか。

(い、いかん……まじめに働かないと)

はっとして表情を引きしめる。

しかし、アルバイト中はいつもこんな調子だ。料理のあがりを待つ振りをしながら、チラチラと盗み見をつづけていた。

純也は二十歳の大学二年生で、麻里の後輩だ。この店でアルバイトをはじめて一カ月になる。夏休みに入ったが、とくに遊ぶ予定もなく暇なので、毎日働けるアルバイトを探していた。

この店には客として何度か来たことがあった。

そのときに、アルバイト募集の張り紙を見つけて気になっていた。いや、本当に気になっていたのは、店員の女性だった。麻里もかわいいが、もうひとり惹《ひ》かれている女性がいた。その女性に少しでも近づきたいと思い、この店で働くことにしたのだ。

最初は単なるひと目惚れだった。しかし、実際にアルバイトをはじめて、言葉を交わすようになり、ますます惹かれるようになった。

(今日はどうしたんだろう?)

純也は店内を見まわして、微かに首をかしげた。

今日のシフトは、麻里ではなく京香《きょうか》だったはずだ。それなのに、まだ出勤していなかった。まじめな性格なので、遅刻や無断欠勤は考えられない。なにか急用ができて、麻里と代わったのだろうか。

「フィッシュ&チップスと生ふたつ、入りまーす!」

「あいよ!」

カウンターに戻ってきた麻里が注文を告げると、厨房の星野が威勢よく返事をする。いつもの光景だが、この日はいつにも増して、ふたりとも気合が入っている気がした。

(なんか、いつもと違うな……)

麻里と星野の様子だけではなく、自分自身に違和感を覚えている。寝不足のように頭がぼんやりしていた。

麻里はジョッキを手にすると、カウンターの端に置いてあるビールサーバーに向かう。そして、慣れた様子でビールを注ぎながら、心配そうに純也の顔をのぞきこんだ。

「具合でも悪いの？」

「いえ、そういうわけじゃ……ただ、京香さんのことが気になって。今日はお休みですか？」

勘ぐられるのがいやで躊躇する。だが、どうしても知りたくて、結局は尋ねていた。

片想いの相手は三好《みよし》京香、三十歳の人妻だ。手の届かない女性だとわかっているが、どうしても惹かれてしまう。京香は半年ほど前から、この店でアルバイトをしているという。淑やかで心やさしい女性だが、どことなく陰があるのが気になっていた。

「何言ってるの？　京香さんは――」

麻里が怪訝《けげん》そうに眉根を寄せる。そのとき、店の引き戸がガラガラと開いて、彼女の声をかき消した。

「いらっしゃいませ。一名様ですか？」

麻里は反射的に振り返って声をかける。バイト歴が長いだけに、接客が身体に刻みこまれていた。

客はスーツ姿の男性がひとりだ。厳めしい顔の中年男で、ネクタイをだらしなく緩めている。すでに酔っているらしく、顔が赤く染まっていた。

「はじめてのお客さんよ。純也くん、お願い」

麻里が小声で語りかけてくる。ビールを注いでいるところで、彼女は手を離せなかった。

「了解です」

純也は小さくうなずき、中年客に歩み寄っていく。

「こちらにどうぞ」

カウンター席に案内して、おしぼりを差し出した。

「生ビール」

男はおしぼりで顔を拭きながら、メニューも見ずに注文する。ぶっきらぼうな言い方だった。

「生一丁、入りまーす!」

厨房の星野に向かって威勢よく声をかける。これが、この店の決まりだが、中年客はうるさいと思ったのか小さく舌打ちした。

(やばい……この人、機嫌が悪いぞ)

純也の頭のなかで警鐘が鳴った。

虫の居所が悪い客もいる。からんでくることがあるので、こういうタイプには必要最低限しか話しかけない。気に障《さわ》ることを言えば、どんないちゃもんをつけられるかわからなかった。

急いでビールをジョッキに注ぎ、お通しの枝豆とともに中年男の席に運んだ。

「お待たせしました」

音を立てないように、気をつけてジョッキをカウンターに置く。ところが、中年男は苛立たしげに見あげてきた。

(も、もしかして……)

額にじんわり冷や汗が滲んだ。

ビールの泡の割合が悪かったのかもしれない。黄金比は七対三と言われているが、まだ慣れていない純也は上手く入れることができなかった。なんとか近い感じには入れたが、気に食わなかったのかもしれない。

ところが、中年男はなにも言わず、ジョッキを手にしてビールをグビリッと飲んだ。純也は逃げるようにその場から離れて、カウンターの隅で料理ができあがるのを待った。

中年男と目が合わないように、厨房で調理をしている星野に視線を向ける。しかし、中年男が座っているのはカウンター席だ。少し離れているとはいえ、どうしても視界に入ってしまう。

麻里はほかの客に呼ばれて、ボックス席で注文を取っている。なんとなく落ち着かない気分になってきた。

(なんか、いやだな……)

体を少し斜めにして、中年男に背中を向ける。そうやって視界から追い出したとき、ふと背後に視線を感じた。

中年男がにらんでいるのだろうか。いや、違う。どこかやさしい雰囲気の視線が背中に注がれていた。

(この感じ……もしかして?)

そっと背後を振り返る。すると、中年男の手前の席に、ひとりの女性が座っていた。

「きょ、京香さん……」

思わず驚きの声をあげてしまう。

視線は京香のものだと思った。しかし、京香が来たことに、まったく気づかなかった。いったい、いつ現れたのだろうか。入口の引き戸が開く音を聞き逃したのかもしれない。

京香は白いブラウスにタイトなジーパンを穿いている。いつもアルバイトをするときの動きやすい服装だ。これから仕事に入るのだろうか。しかし、なぜか京香はカウンター席に腰かけていた。

ふんわりとした黒髪が肩に垂れかかり、どこか気怠げな感じでカウンターに肘をついている。顔が白く見えるのは気のせいだろうか。そして、なにか言いたげに、純也のことを見あげていた。

星野は調理中だし、麻里はまだボックス席で接客をしている。ここは純也が話しかけるしかないだろう。

「あ、あの……」

緊張で声が震えてしまう。

なにしろ、京香は密かに想いを寄せている女性だ。そんな彼女が急に現れたと思ったら、潤んだ瞳で見つめてくる。視線がからみ合うと、意味もなく胸がドキドキしてしまう。

どことなく陰のある女性だが、今夜はとくに深刻そうな顔をしている。どこか様子がおかしかった。

「なにか……あったんですか?」

思いきって尋ねてみる。

今日は京香がシフトに入っていた。遅刻してきたのは、なにか理由があるのだろう。それを伝えたいのではないか。ところが、彼女は悲しげな瞳を向けてくるだけで、なにも答えてくれない。

「あの――」

もう一度、尋ねようとしたとき、急に中年男が立ちあがった。

「うるせえな。なにひとりでゴチャゴチャ言ってるんだ」

店中に響き渡る大きな声だった。

中年男が純也をにらみつけてくる。今にも殴りかかってきそうな雰囲気だ。ふたりの間には京香が座っていた。

(やばい……)

このままでは京香が危険だ。

頭で考えるより先に体が動いた。純也はとっさに前に出ると、京香と中年男の間に割って入る。昔から喧嘩は大の苦手だ。それでも、彼女を守ろうとして必死だった。

「なんだ、この野郎っ」

中年男がすごんでくる。

「こ、この人には、手を出さないでください」

勇気を振り絞って告げるが、それが気に障ったらしい。いきなり、胸ぐらをつかまれた。

「さっきから、なに言ってんだ」

「で、ですから、俺はこの人を――」

「いい加減にしろ!」

怒声とともに顔面を殴られる。純也の体は後方に吹っ飛び、カウンターの椅子を派手になぎ倒しながら尻餅をついた。

「痛っ……」

殴られた左の頰を押さえて、中年男を見あげる。すると、厨房から星野が飛び出してきた。

店長の星野小鉄は三十八歳の独身男だ。角刈りの頭にずんぐりした体形で、しかも厳めしい顔をしている。こういうときに頼りになりそうなタイプだ。ところが、客に対しては腰が低かった。

「お客さん、失礼があったようで、すみません。おい、純也、おまえも早く謝るんだよ」

星野にうながされて、純也も立ちあがって頭をさげる。

酔っぱらいにからまれたのに、どうして謝らなければいけないのだろう。納得はいかないが、星野が謝罪しているので従った。中年男はぶつくさ言いながら帰っていく。星野の判断で、お代はもらわなかった。

「純也くん、大丈夫？」

麻里がやってきて、純也の顔をのぞきこんでくる。すると、星野が横から口を挟んだ。

「そんなもん、唾をつけときゃ治るよ。それより、おまえ、なにやってんだ。お客さんが怒って帰っちまったじゃねえか」

「あのお客さんが、急に怒り出したんです」

純也が説明すると、星野の眉がさらに吊りあがる。

「独りごとが多すぎるんだよ。おまえがぶつくさ言ってるから、お客さんも気になったんだろうが」

「独りごとなんて言ってませんよ。俺は……あれ？」

そのとき、京香がいなくなっていることに気がついた。周囲にさっと視線を向けるが、どこにも姿が見当たらない。

「さっきまで、ここに……」

倒れている椅子を指さすと、星野がぐっと身を乗り出してきた。

「ここには誰もいねえぞ」

「で、でも……」

「カウンター席に座ってたのは、さっきのお客さんだけだろうが」

星野はまるで聞く耳を持たない。調理中だったので、おそらく京香の姿を見ていなかったのだろう。

「麻里さんは見ましたよね」

助けを求めるように、麻里に話しかける。ところが、彼女は困ったような顔になり、首を左右に振った。

「誰も見てないよ」

「そんな……」

あのとき、麻里はボックス席の客と話していた。だから、京香が来たことに気づかなかったのだろうか。

麻里が椅子を起こしてくれる。その椅子に、先ほどまで確かに京香が座っていたのだ。

「どこに行っちゃったんだ」

純也がつぶやくのを、星野と麻里が呆れたように見ている。まるで責任逃れするために嘘をついたような空気になっていた。

2

(暇だなぁ……)

純也はベッドで仰向けになり、大きく伸びをしながら欠伸《あくび》をした。

ここは純也がひとり暮らしをしているアパート、希望荘の一〇三号室だ。築三十年という年季の入った物件で、家賃が安い代わりに壁が薄い。それでも内装はリフォームしてあり、エアコンもついていた。

六畳一間で少々手狭だが、これ以上、広くてもどうせ散らかるだけだ。ずぼらな純也には、これくらいがちょうどよかった。

三日前、アルバイトをクビになり、暇を持てあましていた。

自分は酔っぱらいの中年客に殴られた被害者なのに、どうして辞めなければならないのだろうか。思い返すと腹立たしい。到底、納得できないが、黙って受け入れることを選んだ。

殴られた左頰は少し腫れたが、もうすっかりよくなっている。だが、心の傷はまだ癒えていなかった。

(俺は、京香さんを守ったんだ)

そう思うことで、なんとか怒りを抑えこんでいた。

自分が殴られたことで、片想いの女性を守れたのだ。それだけが心の拠り所だった。

(それにしても……)

あの日、京香はなにをしに来たのだろうか。

京香はシフトに入っていたのにバイトを休んだ。それなのに店に現れて、しかも、なにも語らずに立ち去った。

不可解だが、なにか特別な事情があったのではないか。京香の深刻な顔を思い返すと、そんな気がしてならない。星野にも麻里にも会わなかったのだから、よけいなことを言うべきではないと思って黙っていた。

今さらアルバイトを探すのも面倒で、毎日ごろごろしている。

以前はコンビニでアルバイトをしていたが、シフトの関係で週二回しか入れなかった。そこをやめて、居酒屋で働きはじめた。それというのも京香に近づきたい一心だった。彼女が人妻だというのは知っていた。手の届かない存在だが、それでも近くにいられるだけで幸せだった。

(それなのに……)

わずか一カ月でクビになってしまった。

時刻は午後七時になるところだ。昼間はぶらぶら出かけて、本屋やパチンコ屋をのぞいていたが、夜になるとすることがない。先ほどインスタントラーメンを食べて、あとはずっと横になっていた。

ベッドがあるのとは反対側の壁に、カラーボックスが横にして置いてある。その上に小型のテレビを乗せていた。先ほどからリモコンでチャンネルを変えているが、とくに観たい番組もなかった。

（やっぱり、バイトでもするか……）

時間があるのだから、アルバイトでもしなければもったいない。明日、求人情報誌を買いに行こうと思ったときだった。

カタッ――。

微かな物音が聞こえた。

一〇二号室には男子学生が住んでいるが、夜は道路工事のアルバイトに出かけており、ほとんど留守なのを知っている。たまにいるときはテレビの音が必ず聞こえるが、今日は静かだった。

（ということは……）

純也はベッドに横たわったまま、すぐ横の壁に視線を向けた。

こちら側の隣は一〇四号室だ。一階のいちばん奥の部屋で、外から見ると窓にカーテンがかかっている。しかし、表札が出ておらず、どんな人が住んでいるのか知らなかった。

とにかく、まったくと言っていいほど音がしない。だから、ベッドをこちらの壁にそって置いたのだ。

無意識のうちに耳を澄ます。

するど、微かに水の流れる音が聞こえた。手を洗っているのだろうか。いや、シャワーを浴びているのかもしれない。

(めずらしいな……)

思わず首をかしげた。

これまで、まるで生活音が聞こえなかった。誰も住んでいないと錯覚するほどだったが、今夜は確実に人の気配がする。

(どんな人が住んでるんだ?)

ふと興味が湧いた。

大学が近いため、このアパートに入居しているのは学生ばかりだ。もしかしたら、一〇二号室の男子学生のように、アルバイト三昧でほとんど帰ってこないのかもしれない。

純也もこれまではアルバイトをしていた。コンビニのときは、月曜日と木曜日の週二回は明け方まで留守だった。居酒屋で働きはじめてからは、ほぼ毎日、帰宅は深夜十二時をまわっていた。

たまたま純也と隣人の生活サイクルが、ちょうど真反対になっていたのではないか。そうだと仮定すれば、互いの生活音を聞くことがないので、存在すら意識しなくなるのもわかる気がした。

それがアルバイトをクビになり、純也は部屋でごろごろしている。そのため、はじめて隣人と同じ時間に在宅することになったのではないか。可能性としてはゼロではなかった。

(かわいい女の子だったりして……)

勝手に想像して、思わず口もとに笑みが浮かんだ。

一〇二号室はごつい男なので、一〇四号室は愛らしい女子大生であることを願う。なにかの縁で仲良くなり、そのままつき合うことにならないだろうか。大学には女子大生がたくさんいるのに、言葉を交わすのは麻里だけだ。隣人が女子大生なら、これから楽しいキャンパスライフを送れるかもしれない。暇を持てあましているせいか、ついつい妄想がふくらんでしまう。

(まずは、どんな人か知る必要があるな)

純也はニヤけながら、耳を壁にそっと押し当てた。

まだ水の流れる音がしている。やはりシャワーを浴びているらしい。男にしては長い気がする。やはり女性ではないか。いや、男でもシャワーが長いやつだっているだろう。

そんなことをあれこれ考えていると、水の音がしなくなった。

どうやら、シャワーを浴び終えたらしい。しばらくすると、今度はドライヤーの音が聞こえてきた。

女性が髪を乾かしている姿を想像する。男でもドライヤーを使うが、願望が高まっているせいか、女性の気がしてならない。しかし、こうして音を聞いているだけでは埒《らち》が明かなかった。

なんとか、確かめる術はないだろうか。耳を壁に押し当てている体勢は無理があり、だんだん首が痛くなってきた。

いったん、壁から離れて、首をゆっくりまわす。そのとき、白い壁紙の一カ所に、補修テープが貼ってあることに気がついた。

（こんなの、あったかな？）

不思議に思いながら顔を寄せる。

ベッドの上で壁に向かって膝立ちになると、ちょうど顔の高さくらいだ。壁紙も補修テープと同じ白なので、これまで気づかなかっただけだろうか。補修テープが貼ってあるのは、一辺が三センチほどの小さな正方形だ。

なんとなく気になり、爪の先で補修テープの隅を引っかいてみる。古ければ古いほど、糊が癒着して剥がれにくくなるものだ。きっと簡単には剥がれないと思ったが、意外にもあっさり補修テープの端がめくれた。

壁紙が破れないように注意しながら、ゆっくり剥がしていく。すると、壁に小さな穴が開いていた。

きっと前の住人が釘でも打った跡だろう。もし壁を貫通していたら、隣室がのぞけるかもしれない。だが、そんな穴が開いていたら大問題だ。補修テープではなく、きちんと壁を修理しているはずだ。

(どれどれ……)

なにも期待していないが、念のため壁の穴に目を寄せていく。その直後、思わず小さな声をあげていた。

「えっ……」

穴は壁を貫通しており、隣の一〇四号室がまる見えになっていた。

(なんだよ、これ……のぞき穴じゃないか)

驚きながらも、隣室をまじまじと見てしまう。

蛍光灯がついているため、室内は明るく照らされていた。向こう側の壁ぎわにベッドが置いてある。その手前にローテーブルがあるが、ほかには物が見当たらない。やけに質素で生活感のない部屋だ。

物音は聞こえるが、穴から人影は見えない。どうやら、隣人はバスルームかトイレにいるようだ。おそらく部屋の造りは同じなので、どこにいるのかなんとなく想像がついた。

どんな人が住んでいるのだろうか。女性だったらと思うと、急激に胸の鼓動が速くなった。

（いや、待てよ。これって、まずくないか？）

ふと不安がこみあげる。

のぞきは犯罪だ。しかし、この穴は純也が開けたものではない。最初から開いていたのだ。とはいえ、それは証明できない。穴が開いていたことを、すぐ大家さんに伝えるべきではないか。

（でも、かわいい女の子だったら……）

邪《よこしま》な気持ちが湧きあがる。

隣人の性別だけでも確かめたい。大家さんに連絡するのは、それからでも遅くはないだろう。

（そ、そうだ……）

純也は慌てて部屋の明かりを消した。

先ほどまで貼ってあった補修テープを剝がしたことで、穴から光が漏れているかもしれない。隣人に気づかれないようにするため、こちらの部屋は暗くしたほうがいいと思った。

再びベッドにあがり、穴に片目を近づける。すると、足音が聞こえて、隣人が穴の前に姿を現した。

(お、女の人だ!)

思わず心のなかでガッツポーズをする。

白いノースリーブのブラウスを着ており、レモンイエローのフレアスカートを穿いていた。先ほどドライヤーで乾かしたばかりの黒髪は艶々している。その女性はベッドに腰かけると、スマートフォンをいじりはじめた。

(あっ……)

危うく大声をあげそうになり、ギリギリのところで声を吞みこんだ。

女性の顔に見覚えがある。スマホの画面を見ているのでうつむいているが、それでも整った顔は確認できた。

(ま、まさか……)

自分の目を疑った。

いったん、壁から離れて目を擦る。そして、再び穴に目を寄せていく。女性が座っているのは、ちょうど穴の真正面だ。しかも、部屋は明るいため、どうやっても見間違うはずがない。

(どうして、涼子《りょうこ》さんが……)

軽い気持ちでのぞいたが、急に緊張感がこみあげてきた。

穴の向こうにいるのは佐伯《さえき》涼子だ。明応大学の四年生で二十二歳、昨年の学園祭でミス・キャンパスに選ばれて、ファンクラブまで存在する。男子学生はもちろん、女子学生も憧れる学園のマドンナだ。

キャンパスで見かける涼子はいつでも輝いている。ストレートのロングヘアと大人びた美貌が魅力的で、清楚を絵に描いたような女性だ。誰もが振り返る美女なのに、謙虚なところも好感が持てた。

当然ながら、純也もファンのひとりだ。

とはいっても、涼子は手の届かない高嶺の花だとわかっている。言葉を交わす機会もなく、彼女のほうは純也のことなど顔も知らないだろう。同じ大学に通う学生とは思えず、芸能人を見るような感覚だった。

そんな涼子が、まさか隣に住んでいるとは思いもしない。今の今まで、まったく気がつかなかった。

学園のマドンナには、およそ似つかわしくない古いアパートだ。しかも、部屋のなかは物が少なく、ベッドとローテーブルしか見当たらない。質素というより殺風景という言葉のほうが合っていた。

(それにしても、美人だなぁ)

純也はいけないと思いつつ、涼子から視線を逸らせなかった。

キャンパスではジロジロ見るわけにはいかない。だが、今ならじっくり観察できる。どんなに凝視しても本人は気づくことはないし、誰かに咎められるわけでもなかった。

フレアスカートはロング丈だが、ベッドに座ったことで裾がずりあがり、ストッキングを穿いていない生脚が膝下まで露出している。無駄毛がなくツルリとした臑と、細く締まった足首に視線が吸い寄せられた。

(あんなに細いんだ……)

思わずうっとり見つめてしまう。

そういえば、足首が細い女性は膣の締まりが強いと聞いたことがある。あの噂は本当だろうか。

そもそも、膣の締まりというのは、強いほうがいいのだろうか。童貞の純也には今ひとつわからない。締まりが強くても弱くても、きっと膣に挿入したらすぐに射精してしまうだろう。

(それに、涼子さんはヴァージンだよな)

男子学生の間では、そう噂されている。

涼子はまだ誰ともつき合ったことがないはずだという。ファンクラブができるほどの人気者で、大勢の男たちがチャンスを虎視眈々と狙っているのだ。恋人ができれば、あっという間に噂が広まるだろう。だが、今のところ浮いた話は聞いたことがなかった。

(それって、俺にもチャンスがあるってことじゃ……)

ふと妄想が芽生えた。

なにしろ、隣に住んでいるのだ。軽く挨拶などしているうちに、距離が縮まる可能性があるのではないか。そして、友人から交際に発展して、はじめての夜を迎えるのだ。

童貞と処女なので、最初は苦労するかもしれない。だが、そのぶん、結ばれたときの喜びは大きいだろう。

（ああっ、涼子さん）

妄想はふくらむ一方だ。

学園のマドンナと腕を組んで、キャンパスを歩く姿を想像する。羨望の眼差しを一心に受けて、照れくささと誇らしさが胸に満ちていく。思わず口もとに笑みが浮かんだときだった。

ピンポーンッ――。

突然、呼び鈴の音が鳴り響いた。

体がビクッと反応して、妄想が一瞬で消し飛んだ。穴から目を離すと、玄関を振り返る。もうすぐ夜八時になるところだ。こんな時間に誰だろう。わざわざ訪ねてくるほど仲のいい友人はいなかった。

「はーい」

そのとき、涼子の弾むような声が聞こえた。

慌てて穴に目を寄せると、涼子がベッドからおりて、軽い足取りで玄関に向かうところだった。

どうやら、隣室で鳴った呼び鈴を、自分の部屋と勘違いしたらしい。思わず苦笑を漏らしながら、涼子の部屋をのぞきつづける。すると、なにやら楽しげな声が聞こえてきた。

「遅いから心配しちゃいました」

「すまんね。仕事が長引いたんだ」

涼子が話している相手は男だ。しかも、やけに渋い声だ。若者ではない。姿は見えないが、訪問者が中年男性だというのはわかった。やがて、涼子がスーツ姿の男とともに戻ってきた。

(もしかして、お父さんか?)

そう思ったとたん、焦りが胸に湧きあがった。

これは危険だ。娘の部屋がのぞかれていると知ったら、父親は激怒して怒鳴りこんでくるだろう。

(やばい……やばいぞ)

今すぐ、のぞきをやめるべきだ。

先ほど剝がした補修テープは、穴の横に貼りつけてある。それで穴を塞ごうと思ったとき、男の顔がはっきり見えた。

(あっ……)

喉もとまで声が出かかった。

忘れるはずがない。三日前、居酒屋でアルバイト中に、純也を殴り飛ばした男だ。怒りと同時に疑問が湧きあがった。どうして、あの男が涼子の部屋にいるのだろう。

(まさか、あいつが涼子さんの父親なのか?)

女神のような涼子の父親が、あんないやな奴だというのか。ショックが大きくて、身動きができなくなった。

今、隣室では、涼子が男のジャケットを脱がしている。よほど仲のいい親子なのだろう。年頃の娘は父親を遠ざけることがあるらしいが、涼子にはまったくそんな様子がない。

さらに涼子はネクタイもほどいて、男をベッドに座らせる。その結果、男は体をこちらに向ける格好になった。涼子はこちらに背中を向けて、かいがいしく世話を焼くが、なんとなく違和感を覚えた。

「剛太郎《ごうたろう》さん、シャワーを浴びますか」

涼子がやさしく話しかける。

あれ? 父親を名前で呼ぶ娘がいるだろうか。日本中探せばいるかもしれないが、普通は名前で呼んだりしない。

（父親じゃない……のか？）

純也は思わず眉根を寄せた。

父親ではないのなら、剛太郎と呼ばれたこの中年男は何者なのだろうか。そのとき、男が彼女の手首をつかんで隣に座らせた。ふたりとも穴のほうを向いているので、表情がはっきり確認できるようになった。

「涼子は浴びたんだろ？」

「はい……」

剛太郎が話しかけると、涼子は目もとを桜色に染めあげる。

ふたりの距離がやけに近い。ノースリーブの剝き出しの肩に、剛太郎が手をかけた。素肌に触れられているのに、涼子はいやがる素振りがいっさいない。それどころか、口もとには微笑さえ浮かんでいた。

（な、なにをやってるんだ？）

いやな予感がこみあげる。

どう考えても親子ではない。スキンシップにもほどがある。男はどう見ても四十すぎだが、どういう関係なのだろうか。

純也の顔面を殴った手が、涼子のなめらかな肩を撫でまわしている。目の前で起きていることが理解できない。あの暴力男が、あろうことかミス・キャンパスに触れているのだ。

「本当にいいんですか。今は奥さんが……」

「あいつのことなら大丈夫だ」

涼子が遠慮がちにつぶやくと、剛太郎は安心させるようにうなずいた。

(まさか……不倫?)

ふたりの会話から察するに、おそらく間違いない。

涼子はこの中年男と不倫をしている。しかも、かなり親密な関係らしい。おそらくは誰も知らないであろうことを知ってしまった。いったい、いつからつき合っているのだろうか。ふたりは身体を密着させて、至近距離で見つめ合っていた。

「そんなことより、楽しんだほうがいいだろう」

「でも……」

「涼子だって、期待してたんじゃないのか」

剛太郎が彼女の瞳をのぞきこむ。そして、肩を撫でていた手を、ブラウスの胸もとにゆっくり滑らせていく。

「あンっ」

服の上から乳房を撫でられて、涼子の唇から甘い声が溢れ出す。

中年男に触られているのに、うっとりした顔をしている。自分の父親ほども年が離れた男なのに、いやではないらしい。いっさい抗うことなく、身をゆだねていた。

「涼子も、そのつもりでここに来たんだろう」

「そうですけど……」

涼子がうつむいてもじもじする。なにやら、妖しげな雰囲気になってきた。

「わかるぞ。もう、アソコが濡れてるんだな」

「そんなこと……」

「照れなくてもいい。そのために借りた部屋だからな」

ふたりの会話を、純也は信じられない思いで聞いていた。

ミス・キャンパスと中年男が不倫をしている。そして、一〇四号室は涼子が住んでいるのではなく、密会場所として使われているらしい。わざわざ部屋まで借りるほど、ふたりの関係は深いということだろう。

（よりにもよって、あんなやつと……）

憤怒《ふんぬ》と嫉妬がこみあげて、複雑にからみ合う。殴られた左頬が、治っていたはずなのにズクリと痛んだ。

ヴァージンだと思っていたのに、前から涼子は隣室で中年男に抱かれていたのだ。それなのに、これまでまったく気づかなかった。たまたま純也がアルバイトでいないときに、密会が行われていたのかもしれない。

（そ、そんな、涼子さんが……）

幻想がガラガラと音を立てて崩れていく。

激しいショックを受けているが、のぞき穴から目を離すことができない。これから行われることを想像すると恐ろしくなってくる。だが、それと同時に興味が湧いていることも事実だ。涼子の秘密を知ってしまった今、最後まで確かめずにはいられなかった。

3

「ああっ……」

ブラウスのボタンをはずされて、涼子の唇から羞恥の声が溢れ出す。前が大きく開き、白いブラジャーが露出していた。カップで寄せられた乳房が深い谷間を形作っている。肌は雪のように白くてなめらかだ。いかにも柔らかそうで、カップの縁が乳肉にめりこんでいた。

（す、すごい……）

純也は夢中になって、壁の穴に片目を押しつけた。

あの涼子がブラジャーを露《あらわ》にして頬を赤らめているのだ。彼女に憧れる男子学生は多いが、こんな光景を見たことがあるのは純也だけだろう。一瞬たりとも逃すまいと、目を見開いて凝視した。

ブラジャーにはレースがあしらわれており、瑞々しい女体をより魅力的に彩っている。もしかしたら、男を悦ばせるために、セクシーなブラジャーを選んだのかもしれない。実際、ブラジャーを目にした剛太郎は、興奮した様子でカップの上から乳房をわしづかみにした。

「今日は一段と色っぽいな」

「ああンっ」

無遠慮に揉みしだかれると、涼子は艶《なま》めかしく身をよじる。そして、媚びるような瞳で男を見つめた。

「どれ、こっちもかわいがってやる」

剛太郎は彼女の肩を抱いたまま、もう一方の手を下半身に這わせていく。スカートをじりじりまくりあげると、ぴったり閉じた膝につづいて、健康的な太腿が見えてくる。そこに男のごつい手が這いまわり、さらにスカートが押しあげられた。

「ま、待ってください」

涼子が懇願するが、剛太郎は聞く耳を持たない。

やがて、白いパンティが貼りついた股間が露になる。内腿を恥ずかしげに合わせている姿が、なおさら牡の劣情を煽り立てるのだろう。剛太郎は鼻息を荒らげながら、パンティに包まれた恥丘を無遠慮に揉みはじめた。

「あンっ……やさしくして」

涼子がとまどいの声をあげる。しかし、剛太郎はそれを無視して、内腿の隙間に指をねじこんだ。

「そ、そんな、いきなり……ああっ」

「こういうのも嫌いじゃないだろう」

憎らしいほどに自信満々な物言いだ。

おそらく、これまでに何度も身体を重ねてきて、彼女のことを知りつくしているのではないか。実際、股間にねじこまれた指が動くたび、女体がヒクヒクと反応する。

「あっ……あっ……」

涼子は内股になり、顔をがっくりうつむかせる。感じる部分を触られているのか、耳がどんどん赤く染まっていく。

「湿ってるじゃないか」

剛太郎が耳打ちすると、彼女は首を左右に振りたくる。しかし、身体の震えはとまらない。

「ああンっ、ダメです」

「無理をするな。脚を開けば、もっと気持ちよくしてやるぞ。濡れてるのを見られるのが恥ずかしいのか」

男の手が膝にかかると、もう女体に力が入らないらしい。されるがまま、膝を左右に開いていく。すると、白いパンティの船底が見えてきた。

涼子はベッドに浅く腰かけて壁に寄りかかっているため、股間を突き出すような格好だ。隣に座っている剛太郎が、まじまじとのぞきこんでいた。

「ほら、やっぱりだ」

剛太郎の指摘どおり、パンティに黒っぽい染みがひろがっている。濡れたことによる染みとしか思えない。

(あの涼子さんが、アソコを……)

純也は瞬きするのも忘れて、穴をのぞきつづけている。

涼子は恥じらっているが、女体が反応しているのは事実だ。中年男の愛撫で膣から愛蜜を溢れさせているのだ。女神が穢《けが》されていくような絶望と興奮を、同時に味わっていた。

「ここが感じるんだろう」

剛太郎が太い指でパンティの船底をそっと撫であげる。すると、涼子はうつむかせていた顔を跳ねあげた。

「ああっ、そ、そこ……」

「直接、触ってほしいか?」

質問されても、涼子は下唇を噛んで答えない。女体はあからさまに反応しているが、羞恥が先に立つのだろうか。

「それなら、自分からおねだりするようにしてやろう」

剛太郎が女体からブラウスとブラジャーを奪い去る。とたんに張りのあるふたつの乳房が、プルルンッと弾みながらまろび出た。

(りょ、涼子さんのおっぱいだ……)

純也は思わず生唾を飲みこんだ。

お椀を双つ伏せたような大きな乳房と、先端で揺れるピンクの乳首に視線が奪われる。涼子は決して手が届かない存在だ。そんな彼女の乳房を目にする日が来るとは思いもしない。頭のなかがまっ赤に燃えあがり、ペニスが痛いくらいに膨脹した。

「ま、待って、明かりを……」

涼子は慌てた様子で自分の体を抱きしめる。腕で押されたことで、乳房が柔らかくひしゃげた。

「隠すんじゃない」

剛太郎が彼女の両手を引き剝がして、背中にひねりあげる。そして、先ほどはずしたネクタイを手に取った。

「縛るのは、いやです」

涼子が小声でつぶやき、両手を背後にまわしたまま身をよじる。

どうやら、後ろ手に縛られたらしい。剝き出しになっている大きな乳房がプルプル揺れた。

（や、やめろ、なんてことするんだ！）

純也は心のなかで叫ぶが、目は乳房に釘付けだった。

なにしろ張りがあり、乳首はツンと上向きになっている。インターネットの画像を漁っても、これほどの美乳にはそうそうお目にかかれない。白くてなめらかな肌が、魅惑的な曲線を描いていた。

「お願いです、ほどいてください」

「そんなこと言って、この前は燃えてたじゃないか」

以前からこういうプレイをしていたのかもしれない。剛太郎に指摘されると、涼子も満更ではない様子で頰を赤らめた。

「うちのやつとは、こんなことできないからな」

「奥さんの話はやめて……」

「そうだな。たっぷり、かわいがってやる」

剛太郎がたっぷりした乳房を揉みあげる。下から掬いあげるようにして指をめりこませると、先端で揺れている乳首をやさしく摘まんだ。

「あンっ……」

涼子の唇が半開きになり、甘い声が溢れ出す。くびれた腰をよじり、潤んだ瞳で男を見つめた。

(ウソだろ……まさか乗り気なのかよ)

純也は思わず奥歯をギリッと噛んだ。

学園のマドンナが、中年男と不倫をしている。しかも、手を縛るというアブノーマルなプレイを楽しんでいるのだ。

「剛太郎さん……明かりを消してください」

「今さら恥ずかしがることないだろう」

剛太郎は明かりを消すどころか、スカートをあっさり脱がすと、最後の一枚であるパンティに手をかける。そして、羞恥心を煽るように、わざとじりじり引きさげていく。

「ダ、ダメ……見ないで」

涼子が抗いの言葉を口にする。しかし、身を僅《わず》かによじるだけで、決して本気で暴れたりはしない。

（もしかして、わざと……）

純也は穴をのぞきながら、心のなかでつぶやいた。

なんとなくわかってきた気がする。先ほどから、涼子は口先だけの抵抗をくり返している。しかし、ふたりの会話から、すでに何度も身体を重ねているのは明らかだ。

恥じらうことで、男がますます興奮するとわかっているのではないか。抗いの言葉を口にするのも、プレイの一環に違いない。剛太郎が涼子の身体を知りつくしているように、涼子も剛太郎の悦ばせ方を把握しているのだろう。

「あっ、お願い……やめてください」

パンティが徐々におろされて、恥丘にそよぐ陰毛が見えてくる。黒々とした縮れ毛は、逆三角形に整えられていた。

「見えてきたぞ。涼子の恥ずかしいところが」

剛太郎はニヤニヤ笑いながら、つま先からパンティを抜き取った。

もう、涼子が身に着けている物はなにもない。生まれたままの姿になり、羞恥に頬を染めあげた。

「脚を広げるんだ」

「いやです」

涼子は首を左右に振りたくる。しかし、剛太郎が指先で太腿をサワサワと何度も撫であげると、やがて観念したのか膝をわずかに開いた。

「ああっ……」

「もっとだ。もっと開いて、全部、見せてみろ」

剛太郎が命じると、涼子は両膝をじわじわ開いていく。そして、ついに秘めたる部分が剝き出しになった。

（おおっ……）

純也は思わず目を大きく見開いた。

穴の向こうで、涼子の股間がまる見えになっている。サーモンピンクの女陰が露出して、愛蜜でヌラヌラと光っていた。インターネットの無修正画像でしか見たことのない女性器を、ついに生で目にしたのだ。

二枚の花弁がビラビラしているのは、使いこんでいる証しかもしれない。おそらく、剛太郎と何度も情事を重ねた結果だろう。

「は、恥ずかしいです……」

涼子が震える声でつぶやくのも興奮を誘う。

少し距離はあるが、それでも本物の迫力は凄まじい。濡れそぼった二枚の花弁は、物欲しげにウネウネと蠢き、割れ目からは透明な汁が岩清水のように湧き出している。

(な、なんて、いやらしいんだ……)

異常なまでの興奮がふくれあがり、短パンの前が張りつめた。

涼子の割れ目を見つめていると、手が無意識のうちに股間に伸びていく。ペニスはかつてないほど硬くなっている。布地ごしに握りしめると、先端から我慢汁が溢れ出すのがわかった。

「もう準備は整ってるみたいだな」

剛太郎が立ちあがり、服を脱ぎ捨てて裸になる。中年太りで腹がぽっこり出ており、股間から黒光りする男根がそそり勃っていた。

再びベッドに座ると、隣に腰かけている涼子の後頭部に手をまわす。そして、自分の股間に彼女の顔を無理やり引き寄せていく。

「あむうぅっ」

唇にペニスの先端を押しつけられると、涼子は自らぱっくり咥えこむ。さくらんぼを思わせる瑞々しい唇で、中年男の亀頭を口に含んだのだ。

（そ、そんな……）

純也はショックを受けながらも興奮していた。一度でもいいから触れてみたいと思っていた涼子の唇が、禍々しい太幹に密着している。それだけではなく、ゆっくり滑らせて、長大なペニスを根元まで呑みこんでいく。

「いいぞ、その調子だ」

剛太郎が満足げな声を漏らす。

涼子は後ろ手に拘束された不自由な状態で、隣に座っている剛太郎の股間に顔を埋めている。命令されたわけでもないのに首を振り、そそり勃った肉柱を唇でしごきはじめた。

「ンっ……ンっ……」

微かに漏れる声が色ぽい。

すぐにペニスは唾液まみれになり、ヌラヌラと妖しげに光り出す。涼子は睫毛を静かに伏せて、うっとりした横顔をさらしながら、慣れた様子で首をねちっこく振っていた。

「舌も使えよ。おおっ、やっぱり涼子のフェラは最高だよ」

剛太郎の声が腹立たしい。しかし、涼子はいやがることなく、積極的にペニスをしゃぶっていた。

「そろそろ、欲しくなったんじゃないのか」

「はむンっ」

涼子が男根を口に含んだまま、くぐもった声でなにかを告げる。

はっきり聞き取れなかったが「はい」とも「うん」とも取れる声だった。もしかしたら、剛太郎に同意したのかもしれない。

(ち、違いますよね……)

純也は心のなかで問いかける。その一方で、最後まで見てみたいという暗い欲望もこみあげていた。

街を歩けば誰もが振り返る涼子が、いかつい顔の中年男に抱かれようとしている。どこで知り合い、どこに魅力を感じたのかわからないが、釣り合わないふたりがこれからセックスすると思うと、異常なまでの興奮が押し寄せた。

「よし、ぶちこんでやる」

剛太郎は涼子の頭をつかむと、股間から引きあげる。吐き出されたペニスは唾液と我慢汁で濡れ光っていた。

「も、もう……」

涼子が虚ろな瞳でつぶやき腰をよじる。

興奮しているのか、息遣いが荒くなっていた。自らベッドで仰向けになる。すると、剛太郎が女体をうつ伏せに転がした。

「あっ……」

とまどいの声を漏らすが、涼子はされるがままだ。むっちりした尻が露になってフルフル揺れた。

「後ろから突っこまれるほうが好きだろ」

剛太郎はそう言うと、彼女のくびれた腰をつかんで持ちあげる。涼子は膝立ちになり、尻を高く掲げる格好になった。

穴からのぞいている純也は、ふたりを真横から見ている状態だ。
涼子は後ろ手に縛られているため、顔を横に向けて頬をシーツに押し当ててい
る。背中が緩く反り返り、双臀を後方に突き出した状態だ。苦しそうに見えるが、
彼女の瞳は妖しげに潤んでいた。
「は、早く……ください」
「もう、待ちきれないか」
剛太郎が彼女の背後で膝立ちになり、尻たぶをわしづかみにする。そして、勃
起したペニスを臀裂に寄せると、慎重に腰を押しつけていく。
「ああああッ！」
涼子の唇から艶めかしい声がほとばしる。
女体がビクッと反応して、むっちりした尻に震えが走り抜けた。ペニスが膣に
入ったのではないか。さらに剛太郎が腰を押し進めると、涼子の背中が弓なりに
反っていく。
「あううッ、ふ、深い……」
「奥が好きなんだよな」
剛太郎が声をかけながら、腰をゆったり振りはじめる。すると、ヌチャッ、ニ

チュッという湿った音が響き渡った。

(ほ、本当に……涼子さんが……)

純也は穴をのぞきながら、思わず短パンとボクサーブリーフをおろして、ペニスを握りしめた。

(セ、セックス……涼子さんがセックスしてるんだ)

たまらず男根をしごきあげる。

女壺に男根が埋めこまれたのは間違いない。あの涼子がセックスしている。薄い壁を隔てた隣室で、中年男のペニスで貫かれたのだ。

しかも、彼女は自ら尻を押しつけている。ペニスを深い場所まで迎え入れようとしているのかもしれない。双臀を男の股間に密着させて、グリグリと左右に振りはじめた。

「あンっ……ああンっ」

涼子はうっとりした表情で、まるで甘えるような声を漏らしている。ペニスの感触に酔っているのかもしれない。

「ずいぶん締めつけてくるじゃないか」

「だ、だって……」

「縛られて興奮してるんだな」

剛太郎が平手で尻たぶを軽くたたく。ペチッという打擲《ちょうちゃく》音が響き、同時に女体がブルルッと震えた。

「あひッ……い、痛いです」

「でも、感じるんだろう。また締まったぞ」

さらに剛太郎は尻たぶを何度も平手打ちする。そのたびに涼子が喘ぎ、くびれた腰をくねらせた。

「ああッ……あひンンッ」

ただ痛がっているだけではない。裏返った喘ぎ声には、悦びの響きも入りまじっている。なにより、涼子は恍惚とした表情を浮かべていた。

「たたくのダメです……ひあぁッ」

「おおッ、締まる締まるっ」

ふたりの声が重なり、ついに本格的なピストンがはじまった。剛太郎が腰を力強く打ちつける。ペニスが勢いよく膣に埋まり、湿った蜜音とともに女体が大きく反り返っていく。

「い、いいっ、あああッ」

涼子は縛られた両手を握りしめて、喘ぎ声を振りまいている。ベッドの軋む音も卑猥で、淫靡な空気がふくれあがった。

「やっぱり興奮してるんじゃないか。おおおッ」

剛太郎が唸りながら腰を振る。よほど気持ちいいのか、ペニスを出し入れする速度がどんどんあがっていく。

「は、激しいっ、ああッ、あああッ」

涼子の喘ぎ声も大きくなる。絶頂が迫っているのかもしれない。女体が凍えたように震えて、唇の端から涎が流れ出す。

「はあああッ、も、もうダメですっ」

「くううッ、もうすぐ出すぞっ」

「ああッ、だ、出してっ、あああああッ」

ふたりの声が切羽つまる。

いよいよ最後の瞬間が迫っているらしい。涼子の汗ばんだ背中が反り返り、突き出した尻が痙攣する。膣が締まっているのか、剛太郎が顔をしかめて腰を思いきりたたきつけた。

「くおおおッ、だ、出すぞっ、ぬおおおおおおッ！」

剛太郎が獣のような咆哮を轟かせる。ペニスを根元まで埋めこみ、中年太りの体を激しく揺すった。

「ひああッ、い、いいっ、イクッ、イクうううッ！」

涼子も裏返った嬌声を響かせる。後ろ手に拘束された女体が痙攣して、尻たぶに力が入ったように見えた。

「おおおおッ」

ペニスを締めつけられたのか、剛太郎がまたしても唸る。股間をさらに押しつけて、贅肉だらけの腹を弾ませた。

「あううッ……はううううッ」

絶頂の余韻を噛みしめているのだろうか。涼子は虚ろな瞳で、涎を垂れ流している。普段の清らかな姿を知っているだけに、快楽に溺れた彼女がなおさら淫らに映った。

（りょ、涼子さんっ……ううううッ！）

純也は壁の穴に顔を押しつけたまま、たまらず精液を放出した。

握りしめたペニスが脈打ち、尿道口から濃厚な白濁液がほとばしる。勢いよく噴き出した精液は、壁を直撃してドロリと垂れた。

（す、すごい……）

ペニスを握りしめたまま、ハアハアと息を乱している。まだ太幹は小刻みに震えており、先端から精液が溢れていた。

人生で最大の興奮を味わった。

自分でペニスを擦ったのに、これほど気持ちいいのなら、セックスをしたらどうなってしまうのだろう。柔らかい女体に触れて、膣にペニスを挿入したら、どれほどの快楽を得られるのだろう。

隣室では、剛太郎と涼子が裸で抱き合っていた。

いつの間にか、涼子の拘束はとかれている。ふたりは熱いディープキスを交わして、舌を深く深くからめ合っていた。

（お、俺も……セックスしたい）

これほど切実に思ったことはない。

だが、それには相手が必要だ。女性とつき合ったこともない純也には、夢のような話だ。剛太郎がうらやましくてならない。一刻も早く童貞を卒業して、セックスの快楽を経験してみたかった。

第二章　人妻と覗く穴

1

隣室で剛太郎と涼子が密会してから三日が経っていた。

純也は相変わらずゴロゴロして過ごしている。今日も昼すぎに目が覚めて、テレビをぼんやり眺めたり、スマホをいじったりしているうち、いつの間にか夜になってしまった。

求人情報誌は買ってきたが、今ひとつアルバイト探しに気合いが入らない。仕送りだけでもなんとか暮らしていけるのはあるが、やはりあの日に見た光景が影響していた。

なにしろ、涼子が中年男と不倫をしていたのだ。しかも、ふたりがセックスする一部始終を目撃した。あの衝撃がいまだに尾を引いている。ふとした瞬間に思い出しては、自慰行為に耽っていた。

（ああっ、涼子さん……）

つい心のなかで名前を呼んでしまう。

以前から涼子のことは気になっていたが、それは恋愛感情とは違っていた。なにしろ挨拶すらしたことがないのだ。涼子に抱いている感情は、芸能人に対する憧れのようなものだった。

しかし、のぞき穴から生のセックスを目の当たりにしたことで、気持ちに多少の変化が生じていた。

涼子のことが気になって仕方がない。

彼女の見た目から想像するだけで、実際はどういう人なのかまったくわからない。噂では心やさしい女性だと言われている。それは間違っていないかもしれない。だが、剛太郎とセックスしているときの快楽への貪欲さを知っているのは、大学では純也だけだろう。

（もう一度、見たいなぁ……）

またしても涼子の裸体を思い浮かべてしまう。

純也はベッドで寝転んだまま、横の壁をチラリと見やった。のぞき穴には補修テープが貼ってある。穴のことは大家さんに伝えていない。いけないことだとわかっているが、また涼子が乱れる姿を見てみたかった。

穴の下に視線を向ければ、壁紙にうっすらと染みがついていた。あの日、たまらず放出した精液の跡だ。

あれから、隣室に人の出入りはなかった。

アルバイトをクビになり、コンビニに行く以外はずっと部屋で過ごしているので間違いない。今度はいつ密会するのか気にしていた。ずっと耳を澄ましているが、涼子も剛太郎もまだ現れていなかった。

(俺、なにやってんだ)

ふと無駄なことをしている気がした。

本当に隣室が密会に使われている部屋だとしたら、いずれふたりはやってくるだろう。そして、またセックスするはずだ。それを再びのぞき見しても、涼子が手に入るわけではない。

(なんか、虚しいな……)

思わずため息を漏らしたとき、壁の向こうから微かな物音が聞こえた。

カチャッ——。

それは玄関の鍵を開ける音ではないか。

時刻は夜七時になるところだ。もしかしたら、また涼子が来たのかもしれない。

前回、彼女が現れたのは、確かこれくらいの時間だった。純也はとっさに身を起こすと、壁に耳を押し当てた。

ドアを開閉する音につづいて、足音が聞こえてくる。軽やかな足音だ。剛太郎のものとは思えない。あの男なら、無遠慮にドカドカ歩く気がする。きっと、これは涼子の足音だ。

（来た……ついに来たぞ）

つい先ほど虚しいと思ったことも忘れて、純也は一瞬で夢中になった。

急いで部屋の明かりを消すと、壁に向かって膝立ちになる。そして、補修テープを爪の先で剝がしにかかる。端の部分を少し浮かせて摘まむと、慎重に剝がしていく。

（よし……）

のぞき穴が現れて、期待と緊張が高まった。

もしバレたら大変なことになる。しかし、やめるという選択肢はない。前回の興奮が、罪の意識をはるかにうわまわっている。この三日間、のぞきたくて仕方なかった。

物音を立てないように気をつけながら、壁の穴に片目を寄せていく。明かりはついているが人の姿はなく、ベッドしか見えない。ということは、シャワーを浴びるところなのかもしれない。

妄想がふくらみ、思わず口もとに笑みが浮かぶ。すると、微かな足音とともに、ひとりの女性が死角から現れた。

（おっ、来た来た……）

胸の鼓動が速くなり、期待が最高潮にふくらんだ。ところが、次の瞬間、純也は穴をのぞいた姿勢で固まった。

（な、なんだ?）

頭が混乱して、状況が理解できない。

現れたのは涼子ではなかった。しかし、純也の知り合いだ。今、隣室にいるのは、まったく予想外の人物だった。

（きょ、京香さん……?）

思わず首をかしげる。

いったい、なにが起きているのだろうか。居酒屋のアルバイトでいっしょだった人妻の京香が、どういうわけか隣室にいる。ベッドの前に立ち、部屋のなかを見まわしているのだ。

片想いの女性なだけに、驚きは大きかった。

アルバイトをクビになったことで、京香に会えなくなっていた。淋しい気持ちはあったが、仕方ないとあきらめてもいた。なにしろ、彼女は人妻だ。どんなに想っても、成就することのない恋だった。

そんなとき、たまたま涼子のセックスをのぞくことができた。興奮したのも事実だが、淋しさをごまかすのにちょうどよかったのだろう。だが、京香の姿を目にした瞬間、再び恋心が燃えあがった。

この日の京香は、白いブラウスにタイトなジーパンというアルバイトのときと同じ服装だ。

光の加減か、それともブラウスが白すぎるのか、京香の姿が神々しく感じる。直視するのも躊躇するほどだった。

(でも、京香さん、なにやってるんだ?)

壁の穴に片目を押しつけて、首をかしげる。

京香は部屋のなかを見まわすと、力なくベッドに腰をおろした。視線を落として、下唇を小さく嚙んだ。表情が暗く感じるのは気のせいだろうか。なにか深刻な顔をしているのも気になった。

京香と涼子につながりがあるとは思えない。それなのに、どうして京香が隣室に現れたのだろうか。

「うっ……うぅっ」

突然、京香が肩を震わせた。

何ごとかと思ってよく見ると、京香の双眸が潤んでいる。真珠のような涙が溢れて、頰を静かに伝っていた。

(京香さん……)

そのとき、先日の光景が脳裏によみがえった。

居酒屋のアルバイトが最後になったあの日、京香は急にやってきてカウンター席に腰かけた。そして、今と同じような深刻な顔で、純也のことを見つめていたのだ。

(俺になにか言いたかったんじゃないかな……)

今さらだが、そんな気がしてならない。

あの日、京香は星野にも麻里にも会わずに帰ったのだ。もしかしたら、純也に伝えたいことがあったのかもしれない。特別、深い話をする関係ではなかったが、京香のいつになく思いつめた表情が印象に残っていた。

それなのに、あの酔っぱらいの中年男、剛太郎がからんできたせいで、話を聞くことができなかった。

同じ後悔はしたくない。でも、隣室を訪ねるわけにはいかない。そんなことをすれば、彼女は不審がるに決まっている。そもそも京香がそこにいることを、純也が知っているはずがないのだ。

(どうすればいいんだ……)

純也は奥歯を強く嚙みしめた。

京香に手を差し伸べたい。非力な自分にはなにもできないかもしれない。それでも、話を聞くくらいならできる。想いを寄せている女性が、すぐそこで涙を流しているのだ。それなのに、なにもできないことがもどかしい。

(京香さん……なにがあったんですか)

心のなかで強く問いかける。

そのとき、ベッドに腰かけていた京香が、ハッとした様子で顔をあげた。まるで、純也の心の声が届いたように、こちらをじっと見つめてくる。のぞき穴ごしに視線が重なった気がした。

(ま、まさか……)

心臓をわしづかみにされたような錯覚に陥った。もしかしたら、穴の存在に気づいたのではないか。

よくよく考えると、この穴は隣室から見たらどうなっているのだろうか。見通せるのだから、少なくとも補修テープは貼っていないことになる。壁に開いた穴を放置してあるとしたら、いつ気づかれてもおかしくない。実際、京香の視線はまっすぐこちらに向いていた。

(ど、どうしよう……)

純也は身動きできなかった。

今さら補修テープで塞ぐわけにもいかない。下手に動けば、穴の存在を知らせることになるばかりか、のぞいていることもバレてしまいそうだ。ここは身じろぎせず、じっとしてやり過ごすしかなかった。

ところが、京香は穴から決して目をそらさない。

穴を見つめたまま、ゆっくり立ちあがり、まっすぐこちらに歩いてくる。怪訝な顔で近づいてきたかと思うと、純也がそうしているように、片目で穴をのぞきこんだ。

（も、もうダメだ……）

純也は瞬《まばた》きもできず、石のように固まっていた。

穴を通して、ふたりの視線が重なっている。純也は最初から片目を寄せているので、顔までは見られていないだろう。それでも、こちらから誰かがのぞいていることには気づいたのではないか。

京香は壁から顔を離すと、不思議そうに首をかしげる。そして、玄関のほうに歩いていった。

（や、やばい……やばいぞ）

一瞬、逃げようかと思うが、そんなことをしても意味はない。今、外に出たところで鉢合わせしてしまう。

ピンポーンッ――。

あたふたしていると、呼び鈴の音が響き渡った。

「ひっ……」

思わず裏返った声をあげて、肩をビクッと跳ねあげた。

京香が訪ねてきたに違いない。表札は出していないが、今さら居留守は通用しないだろう。どうして、京香が隣室にいたのかはわからない。だが、そんなことより、のぞきがバレたことのほうが大問題だ。

再び呼び鈴の音が響き、純也は追いつめられていく。もう、どうすることもできなかった。

2

観念して玄関ドアを開ける。

すると、外には京香が立っていた。白いブラウスを着ており、全身が神々しく輝いて見えた。

彼女の顔を見ることができずに視線を落とす。罵倒されても仕方がない。なにしろ、のぞきをしていたのだ。穴は最初から開いていたものだが、そんなことは言いわけにならないとわかっていた。

「あ、吉岡くん」

一瞬、驚いた様子だったが意外にも京香の声は穏やかだった。

「お久しぶりです。お元気でしたか」

やさしく語りかけてくれるが、純也は答えることができない。後ろめたくて顔をあげることもできなかった。

「突然、すみません。少しお話を聞いてもらいたいのですが、よろしいでしょうか」

いよいよ本題だ。のぞいていたことを指摘されるに違いなかった。

「な、なかに、どうぞ……」

なんとか声を絞り出す。

玄関先では話したくない内容だ。しかし、言った直後に気がついた。男のひとり暮らしの部屋に、人妻があがるとは思えない。しかも、純也はのぞきをしていたのだ。警戒されるに決まっていた。

「お邪魔します」

ところが、京香はあっさり玄関に足を踏み入れる。

いつもの穏やかな声だ。まったく警戒している様子はなかった。

「い、いいんですか？」

自分で言っておきながら、純也のほうが慌ててしまう。ところが、京香はまるで気にしていない。

「なんのことですか？」

「いや、あの……俺、ひとり暮らしだから……」

「知っています。吉岡くんがここに住んでいることも」

そう言われて思い出す。

確かに以前、アパートでひとり暮らしをしていると話したことがあった。それを覚えていながら、彼女は部屋にあがろうとしていた。

「危ないですよ」

「吉岡くんは危ないんですか？」

「い、いや、俺は危なくないですよ。まったく、全然、危なくないです。そうじゃなくて、男の部屋には簡単にあがらないほうが……」

「それなら、いいじゃないですか」

京香はそう言って、靴を脱ごうとする。

そのとき、純也はようやく京香の顔をまともに見た。なにかを考えこんでいるようだ。少なくとも怒っているようには見えない。どこか淋しげな表情をしているのが気になった。

「お願いします」

京香が懇願するようにつぶやいた。

そこまで言われると、今さら断るのもおかしい気がしてくる。純也のほうが、意識しすぎているだけだろうか。

結局、押しきられる形で部屋にあげた。

「遅くにごめんなさい」

京香は立ったまま、いきなり謝罪の言葉を口にする。やけに神妙な顔で、腰を深々と折った。

「い、いえ、俺のほうこそ、すみませんでした」

純也も慌てて頭をさげる。ところが、京香は意味がわからないといった感じで首をかしげた。

「どうして、吉岡くんが謝るんですか?」

「だって、その……」

自分から、のぞいていたと言うのはつらすぎる。思わず言葉を濁すと、彼女はわかっているとばかりに小さくうなずいた。

「お気になさらないでください。あの穴のことで、お願いがあるのです」

京香は壁の穴をチラリと見やった。

補修テープで塞ぐ余裕がなく、そのままになっていた。しかも、壁紙の下のほうには精液の染みがついているのだ。彼女にはわからないかもしれないが、純也は恥ずかしくてならなかった。

「と、とにかく、座ってください」

少し迷ったが、ベッドに座るように勧める。そして、自分は卓袱台《ちゃぶだい》を挟んだ向かいにまわり、絨毯の上に腰をおろした。

「失礼します」

京香はベッドに座ると、言いにくそうに切り出した。

「ヘンなことを聞くようですけど……隣の部屋にどんな方が住んでいるのかご存知ですか？」

「よくは知らないんですけど……」

のぞいていたことを追及されそうで、とっさにごまかそうとする。

実際、隣室には誰も住んでいない。普段はいっさい人の気配がなく、物音ひとつしなかった。

(あれ?)

そのとき、ふと違和感を覚えた。

以前にも、京香に隣室のことを聞かれた気がする。あのとき、純也はどんな受け答えをしたのだろう。なぜか内容は思い出せないが、アパートの件で話をした記憶はあった。

「若い女の人は見たことないですか?」

京香が重ねて尋ねてくる。いったい、なにを知りたいのだろうか。

「昼間は誰もいません……この前、夜に誰か来てましたけど……」

あえて名前は伏せておく。あやふやな言い方になってしまうが、それでも京香はうなずいた。

「やっぱり、そうですか」

独りごとのようなつぶやきだった。

重い沈黙が流れる。なにが起きているのか、さっぱりわからない。京香はどうして隣室に現れたのだろうか。そして、純也になにをお願いするつもりなのだろうか。

「じつは――」

沈黙を破ったのは京香だった。

「夫がここで浮気をしてるようなんです」

予想外の言葉が彼女の唇から飛び出した。

京香の夫は商社に勤務しており、ひとまわり年上の四十二歳だという。一年ほど前から残業が増えて、急に帰宅が遅くなった。そのころからスマホをいじってばかりになり、京香への態度も冷たくなったらしい。

「でも、まだ浮気と決まったわけでは……」

純也が語りかけると、彼女は首を小さく左右に振った。

「残業で遅くなると言っていた日の夕方、たまたま駅前で見かけたんです。わたしはスーパーの帰りでした」

京香は悲しげな表情で語り出した。

その時間、夫はまだ会社にいるはずだった。おかしいと思い、とっさにあとをつけたという。すると、夫は家とは真逆の方向に歩き、たどり着いたのがこのアパート、希望荘の一〇四号室だった。

「夫は呼び鈴を鳴らしましたが、誰も出てきませんでした。すると、夫はポケットから鍵を出して、自分で解錠して部屋に入ったんです」

そのあと、若い女が部屋を訪れたという。

つまり、夫と女が密会部屋に入るところを目撃したというわけだ。それは決定的な証拠になるだろう。

「えっ……ちょ、ちょっと待ってください」

顔からサーッと血の気が引いていく。

その若い女は、おそらく涼子だ。そして、涼子と不倫をしていたのは、剛太郎という名前の中年男だ。京香の夫は四十二歳だという。

（まさか……）

いやな予感がこみあげる。

想像が間違いであってくれと、心のなかで懸命に祈った。しかし、この時点でほぼ確信していた。

「驚かせてしまってごめんなさい。わたしの夫は、ここの隣の部屋で愛人と会っていたの」

「あの……旦那さんのお名前をうかがってもいいですか」

「剛太郎です……三好剛太郎」

予想どおりの答えが返ってきた。やはり、あの中年男が京香の夫だったのだ。

「そ、そうですか……」

それ以上、言葉にならない。

京香が現れただけでも驚いているのに、衝撃の事実が次々と明らかになっていく。もはや頭のなかがパニック状態になっていた。

(どうして、こんなことに……)

予想外の出来事に愕然としてしまう。

しかし、以前から京香にどことなく陰を感じていた理由が、ようやくわかった気がした。きっと、だいぶ前から夫のことで悩んでいたのだろう。それが全身から滲み出ていたに違いない。

「夫のキーホルダーに、怪しい鍵があったんです。休日、夫が寝ている間にこっそり持ち出して、スペアキーを作りました」

それが隣室の鍵だった。先ほどは、それを使って部屋に侵入したという。

「どんな部屋なのか、どうしても確認したかったんです」

そこで言葉を切ると、京香は苦しげに顔を歪めた。

「ベッドしかありませんでした」

消え入りそうな声だった。

いかにも密会部屋という雰囲気だったらしい。妻である京香にとっては、つらい現実だったに違いない。

「夫を観察していて、月曜日と木曜日に必ず残業することに気がつきました。たぶん、愛人に会っているんだと思います」

京香の言葉を聞いてハッとする。

(そういえば……)

純也も思い当たることがあった。

居酒屋の前はコンビニでアルバイトをしていた。そのとき、月曜日と木曜日は必ず夜勤が入っていたのだ。居酒屋で働きはじめてからも、夜はほとんど留守にしていた。

(だから、今まで気づかなかったのか……)

少しずつ全容が見えてきた気がする。

アルバイトをクビになり、部屋で暇を持てあますようになった。そして、ゴロゴロしているときに壁の穴を発見した。先日、ふたりがセックスしているのを目撃したのは月曜日だった。

以前からふたりは密会していたのだろう。たまたま純也がいない日に、涼子と剛太郎は隣室で会っていたのだ。

「お気持ちはわかりますけど……危ないですよ」

純也はできるだけ穏やかな声で忠告する。

もし夫と鉢合わせしたら、どんな事態に発展するかわからない。実際、純也は酒に酔った剛太郎に殴られている。妻なら、そんな夫の性格を知っているに違いない。

「あれ……そういえば、あの日、京香さんも居酒屋で会ってますよね」

思わず首をかしげた。

あの日はまず剛太郎が来店して、カウンター席でビールを飲みはじめた。その少しあと、京香がやってきたのだ。彼女もカウンター席に座ったのに、ふたりはいっさい言葉を交わさなかった。

「夫は相手にしてくれないんです。だから、わたしの姿が目に入らなかったんだと思います」

京香は淋しげにつぶやいた。

「いくらなんでも、そんなこと……」

「あの日、吉岡くんも見たでしょう。あの人、わたしがいたことに気づきもしなかった」

確かに、京香の言うとおりだ。

剛太郎は不機嫌そうにビールを飲むばかりで、京香のことをチラリとも見ようとしなかった。赤の他人なら、別にめずらしいことではないだろう。しかし、夫婦となると話はまったく違ってくる。

そもそも、剛太郎はなぜあの居酒屋に来たのだろうか。

妻が働いていると知っていたのか、それとも単なる偶然か。いや、知っていたなら無視することはないはずだ。となると、ふらりと入った店が、たまたま妻がアルバイトをしていた居酒屋だったということか。

(そんな偶然、あるか?)

疑問が胸に湧きあがる。京香に尋ねようとしたとき、彼女のほうが先に口を開いた。

「でも、吉岡くんは気づいてくれました。それだけで、うれしかったです」

京香の顔には淋しげな笑みが浮かんでいる。

気づかないはずがない。いつでも京香に会いたいと思っている。そのせいか京香が近くにいると、なんとなく気配がわかるほどだ。あの日も視線を感じて、もしやと思って振り返ると京香がいた。

「だって、俺は……」

喉もとまで出かかった言葉を呑みこんだ。

京香のことを心から想っている。少しでも近づきたくて、あの居酒屋でアルバイトをはじめたのだ。京香が人妻でなければ、思いきってデートに誘っていたかもしれない。

いや、結局、そんな勇気はなかっただろう。それでも、今より積極的に話しかけていたはずだ。

「あの日、どうして黙って帰ってしまったんですか」

気づいたときには、京香の姿はなかったのだ。

なにか言いたげな瞳で見つめられて、ずっと気になっていたのだ。考えてみれば、京香に会うのはあの日以来だ。アルバイトをクビになってしまったので、顔を見ることもできなかった。

「ごめんなさい……」

京香は視線をすっと落とした。

それきり、むっつり黙りこんでしまう。なにか言いたくない事情があるのかもしれない。ただでさえ夫のことで悩みを抱えているのだ。これ以上、彼女を苦しめたくなかった。

「いいんです。気にしないでください」

純也は努めて明るい声で告げた。

「ただ、急にいなくなったから、びっくりしちゃって。煙みたいにスーッて消えたのかと思いましたよ」

おどけた調子で言うと、声に出して笑ってみせる。京香もいっしょに笑ってくれると思ったが、なぜか表情はますます暗くなってしまう。

「大丈夫……ですか？」

気になって声をかける。ところが、彼女は顔をあげようとしなかった。

「アルバイト、探しているんですか？」

京香の視線は、卓袱台の上に置いてある求人情報誌に向けられていた。

「そうなんですけど、いいバイトがなかなか見つからなくて……」

「居酒屋は、どうなってるんですか？」

ようやく京香が顔をあげる。そして、心配そうな瞳を向けてきた。

「まだ聞いてないんですか？」

思わず聞き返してしまう。

あれから六日も経っている。すでに京香は何回かアルバイトに入っているはずだ。それなのに、純也が辞めたことを聞いていないのだろうか。

「じつは……ちょっと、休んでるんです」

京香は言いにくそうにつぶやいた。

なにか事情があるらしい。もしかしたら、夫の不倫が関係しているのではないか。考えてみれば、離婚に発展する可能性もあるのだ。アルバイトを休んで、夫のことを調べているのかもしれない。

(そうか……それなら俺のことなんて知るはずないよな)

純也はひとり納得してうなずいた。

「ところで、俺にお願いがあるって言ってましたよね」

話題を変えて切り出すと、京香は表情を引きしめる。そして、壁に開いている穴をチラリと見やった。

「のぞかせてほしいんです」

穏やかな声だが、決意がこもっていた。

「今日は木曜日です。今朝、夫は残業があると言って出かけたので、必ず女性に会うはずです」

「もしかして……」

「はい。夫の浮気現場を押さえるつもりです」

京香の瞳から、厳しさと悲しさが伝わってくる。

本当はこんなことをしたくないのだろう。でも、許せない気持ちが強いに違いない。

（やめたほうがいい……）

純也は心のなかでつぶやいた。

夫の浮気現場を見たら、ショックを受けるに決まっている。これ以上、京香が傷つくのは見たくない。だが、夫に不倫された彼女の気持ちを思うと、とめるのも違う気がした。

「踏みこむつもりですか」

「それは……まだわかりません」

京香の瞳に迷いが浮かんだ。

とにかく、浮気現場を押さえるつもりらしい。純也は黙ってうなずくことしかできなかった。

そのとき、壁の向こうから物音が聞こえた。

「電気を消します」

京香に告げると、立ちあがって明かりを落とす。

それでも、窓から月明かりが射しこんでいるので、まっ暗ではない。青白い月光が室内を照らすなか、卓袱台をまわりこんでベッドにあがる。そして、壁の穴に片目を押しつけた。

3

(涼子さんだ……)

純也は息を殺して見つめていた。

隣室に現れたのは涼子だ。ベッドに腰をおろすと、さっそくスマホをいじりはじめる。剛太郎にメールを送っているのかもしれない。

この日の涼子はデニム地のミニスカートに白いタンクトップを着ている。肌の露出が多いうえに、身体にフィットするデザインだ。

まるまるとした乳房の形と、くびれた腰のラインがはっきりわかる。いかにも男が好きそうな服装だ。隣に京香がいなければ、純也も夢中になって凝視していただろう。

のぞき穴から目を離すと、京香に顔を向けた。

「女性が来ました」

隣室に聞こえないように、抑えた声で報告する。もう、ここまで来たら、あとには引けない。すべてを見せるしかなかった。

「わたしも……」

京香が潜めた声で語りかけてくる。

純也は無言でうなずいて場所を明け渡す。すると、京香が膝立ちの姿勢で、穴に片目を寄せた。

しかし、わずか数秒、隣室をのぞいただけで京香は穴から目を離した。

再びベッドに腰かけた京香は、うつむいて下唇を噛みしめる。横顔にはさまざまな感情が浮かんでいた。

「あんなに若い子と……」

ため息まじりの声だった。

夫の不倫相手が、思いのほか若かったことに驚いている。しかも、美しかったことで嫉妬が湧きあがったのかもしれない。京香の表情から、淋しさと悲しさが伝わってきた。

(京香さんだって、すごくきれいですよ)

心のなかでつぶやくが、声をかけることはできなかった。

今はショックが大きすぎて、なにを言っても耳に入らないだろう。まだ不倫現場を押さえていないのに、京香はすっかり落ちこんでしまった。

その直後、隣室から呼び鈴の音が聞こえた。

剛太郎が来たのかもしれない。しかし、京香はベッドに腰かけたまま、動こうとしなかった。

(じゃあ、俺が……)

純也は再び壁に向かって膝立ちになると、穴から隣室をのぞいた。

玄関のほうから涼子と剛太郎がやってくる。ふたりはベッドの前に立つと、抱き合って視線を重ねた。

「ンンっ、剛太郎さん……」

「涼子、会いたかったよ」

顔が近づき、そのまま唇が密着する。キスをしたかと思うと、さっそく舌をからめ合う。早くも唾液の弾ける音が響き渡った。

（いきなりかよ……）

純也は思わず眉をしかめた。

抱き合う二人を真横から見る角度だ。もし自分ひとりなら、夢中になってのぞいていただろう。しかし、今は京香がいる。夫が浮気をしていることで深く傷ついているのだ。浮かれている場合ではなかった。

涼子と剛太郎が互いの服を脱がし合っている。合間に口づけを交わしては、相手の体から服を剝ぎ取っていた。

涼子はすでにタンクトップとスカートを奪われて、水色のブラジャーとパンティだけになっている。剛太郎もいつの間にか、黒いトランクス一枚で中年太りの体をさらしていた。

とうとうブラジャーもパンティも脱がされて、涼子の見事な裸体が露になる。張りのある大きな乳房に締まった腰、むっちりした尻にも視線が向いた。女体の見事な曲線が、男の劣情を煽るようだった。

「ひざまずくんだ」

剛太郎がニヤけながら傲慢に命じる。

涼子は素直にしゃがんで膝立ちになり、自分からトランクスに指をかけて引きさげた。

すでに勃起しているペニスが剝き出しになる。亀頭は水風船のように張りつめて、肉胴部分には稲妻状の血管が浮かびあがっていた。

「ああっ、素敵です」

涼子がうっとりした声でつぶやく。そして、ほっそりした指をゴツゴツした太幹に巻きつける。

「おしゃぶりしても、いいですか」

上目遣いに尋ねると、剛太郎の返事を待たずに唇を亀頭に寄せていく。ついばむような口づけをくり返し、ついには巨大な肉の実を咥えこんだ。

「はむううっ」

唇をカリ首に密着させると、顔をゆっくり押しつける。肉柱をズルズルと吞みこみ、あっという間に根元まで口内に収めた。

「おおっ、いいぞ。俺のチ×ポがそんなに好きか」

よほど気持ちいいのか、剛太郎が低い声で唸った。そして、両手で涼子の頭をつかむと、力まかせに腰を振りはじめた。

「あうッ……うぅッ……うむううッ」

とたんに涼子に顔が歪み、苦しげな呻《うめ》き声が溢れ出す。

亀頭が喉の奥に当たっているのかもしれない。目を強く閉じているが、涙が溢れて頬を伝った。

（なんてことするんだ……）

純也は思わず心のなかでつぶやいた。

男の身勝手な欲望をぶつけるイラマチオは、見るに堪えない光景だ。涼子が気の毒になるが、なぜか彼女はいっさい抗わない。それどころか、腰をもじもじとくねらせている。

そのとき、ふいに肩をたたかれた。穴から顔を離すと、すぐ隣で京香が膝立ちをしていた。

「わたしにも見せてください」

悲痛な表情で語りかけてくる。

漏れ聞こえる声を耳にして、さらなるショックを受けているのだろう。それでも、自分の目で確認したいらしい。瞳には涙が滲んでいるが、強い意志が感じられた。

純也がよけると、京香が恐るおそるといった感じで穴をのぞく。その直後、怯えたように肩をすくめた。そして、すぐに視線をそらして、ベッドの上にへたりこんだ。

彼女にとってはショッキングな光景だったに違いない。

夫が若い女にペニスを咥えさせている。しかも、女の口を犯すように、乱暴に腰を振っているのだ。そんな夫の姿を目の当たりにして、平静でいられるはずがなかった。

「もう、やめましょう」

純也は静かに語りかけた。

苦しむ京香を見ているのがつらかった。剛太郎が不倫をしているのは間違いない。これ以上、のぞいたところで意味があるとは思えなかった。

「はあああッ、剛太郎さんっ」

そのとき、壁ごしに涼子の喘ぎ声が聞こえた。

先ほどとは明らかに違う艶めかしい声だ。もしかしたら、挿入したのかもしれない。すると、へたりこんでいた京香が再び膝立ちの姿勢を取り、濡れた瞳を穴に寄せた。

「そ、そんな……」

弱々しい声だった。

京香は穴から顔を離すと、背中を壁に預ける。そして、寄りかかったまま、ズルズルとベッドに腰を落とした。

「大丈夫ですか」

純也が声をかけると、京香の瞳から大粒の涙が溢れ出す。やはりショックを受けたのだろう。声を押し殺して泣いていた。

（京香さん……）

予想はしていたが、京香が悲しむ姿を目にして胸が苦しくなった。

もう一度、純也は壁の穴をのぞきこんだ。すると、すでにふたりはベッドの上に移動していた。

「あああッ……あああッ」

仰向けになった剛太郎の股間に、涼子がまたがっている。しかも、黒い布で目隠しをされて、後ろ手に縛られていた。

「ほら、もっと腰を振るんだ」

「は、はい……あッ……あッ……」

剛太郎が命じると、涼子は腰をねちっこくまわしはじめる。足の裏をシーツにつけて、両膝を立てた騎乗位だ。

腕を背後で縛られているので動きは小さいが、くびれた腰をくねらせる姿は艶めかしい。しかも、目隠しが妖しい雰囲気を強調している。唇が半開きになっており、絶えず喘ぎ声が漏れていた。

(涼子さん、感じてるんだ……)

男の言いなりになっている涼子の姿に驚かされる。

だが、今は京香のほうが気になった。夫が不倫する姿を目の当たりにして、悲しみに暮れているのだ。

純也はのぞき穴から目を離すと、京香の隣に腰をおろした。

窓から青白い月明かりが射しこむなか、京香は膝を抱えてうつむいている。肩が微かに震えていた。

かける言葉が見つからない。純也は結婚どころか、女性とつき合ったことすらないのだ。そんな自分に気の利いた言葉をかけられるはずがない。それでも、なんとかして元気づけたかった。

(俺にできることがあれば、なんでもします)

純也は心のなかで語りかけた。

それが純也にできる唯一のことだ。あとは、ただ黙って寄りそっているしかなかった。

「ああッ、いいっ、すごくいいですっ」

「くううッ、涼子っ、出すぞっ」

壁が薄いせいで、涼子と剛太郎の声が筒抜けだ。京香に聞かせたくないクライマックスの声が、残酷なほど響いていた。

「あああッ、イキます、イクッ、イクううッ！」

「出してやるっ、おおおッ、おおおおおッ！」

ふたりが同時に達するのがわかった。

こんな声を聞かされている京香が不憫でならない。できることなら、この場から連れ出してあげたかった。

（クソッ、どうして……クソぉっ！）

純也は拳を強く握り、奥歯をギリッと噛んだ。

涼子の喘ぎ声を黙らせたい。剛太郎に土下座をさせて謝らせたい。そして、なにより自分自身の無力さが腹立たしかった。

「ありがとう……ございます」

ふいに京香がつぶやいた。

「わたしのために怒ってくれて……ありがとうございます」

消え入りそうな声だった。

（なんで、わかったんだ？）

ふと疑問が湧きあがる。

まるで心を読まれているようだ。もしかしたら、自分で思っている以上に、全身から憤怒が滲み出ていたのかもしれない。

「でも、大丈夫です」

京香が顔をあげる。頬は涙で濡れているが、もう嗚咽《おえつ》は収まっていた。

「吉岡くんがいてくれるだけで充分です」

その言葉が胸に染み渡る。不覚にも涙が溢れそうになり、慌てて気持ちを引きしめた。

いつしか、隣の部屋が静かになっている。

遠くから水の流れる音が聞こえてきた。それと同時に、男女の浮かれたような声が微かに響いていた。もしかしたら、ふたりそろってシャワーを浴びているのかもしれない。

（またかよ……）

心のなかで吐き捨てる。

やっと静かになったと思ったのに、ふたりはまだ戯れているらしい。できることなら、両手で京香の耳を塞いでしまいたかった。

「ひとつだけ……お願いがあります」

京香が言いにくそうに切り出した。

そして、純也の短パンから剝き出しになっている太腿に、手のひらをそっと乗せてきた。

（なっ……なんだ？）

一気に緊張感が高まった。

彼女の柔らかい手のひらを感じて、胸の鼓動が速くなる。エアコンがついているが、一気に体温があがった気がした。

「わたしの相手をしてくれませんか」

京香は視線をそらしてつぶやいた。

「相手って……」

いったい、どういう意味だろう。太腿には手のひらが乗ったままだ。なにやら淫靡なことを想像して、ますます胸がドキドキしてくる。

(ま、まさか……いや、そんなはず……)

卑猥な妄想がひろがり、慌てて打ち消した。

京香がそんなことを言い出すはずがない。しかし、もうほかのことは考えられなくなっていた。いくら考えても答えは出ない。すると、太腿をゆるゆると撫でられて、その手が股間に迫ってきた。

「ううっ……」

たまらず小さな呻き声が漏れてしまう。

股間から全身に甘い痺れがひろがっている。なぜか京香の手のひらが、短パンの上からペニスに触れていた。

4

「どうして……」

京香がぽつりとつぶやいた。

彼女の手のひらは、短パンの股間に触れている。布地の下では、ペニスが大きくふくらんでいた。太腿を撫でられている時点で勃起してしまっていたのだ。極度の緊張状態にありながら、体はしっかり反応していた。

「す、すみません」

純也はわけがわからないまま、消え入りそうな声で謝罪する。

これほど恥ずかしいことはない。できることなら、走って逃げ出したいくらいだ。全身の毛穴が開いて、いっせいに汗が噴き出した。

「あの方……若くて、おきれいですものね」

京香の声はひどく淋しげだった。

どうやら、純也が隣室をのぞいたことで興奮したと思ったらしい。京香の横顔には、深い悲しみとあきらめ、それに嫉妬が滲んでいた。

(ち、違います……京香さんが触ってくれたから……)

心のなかで訴えかける。

しかし、言葉にすることはできなかった。なにしろ、純也は童貞だ。どうしても恥ずかしさが先に立ってしまう。勃起していることを知られて、全身が燃えあがるほどの羞恥に包まれていた。

「わたしが触ったから……なの？」

ふいに京香がつぶやき、探るような瞳で見つめてくる。

「えっ、い、いや……」

心を見透かされた気がして、しどろもどろになってしまう。

こうしている間も、彼女の手のひらは勃起したペニスに重なっている。純也は肯定も否定もできず、ただ火照った顔をうつむかせた。

「そうだったら……ちょっと、うれしいです」

意外な言葉だった。その直後、京香は布地ごしに硬直した太幹をやさしく握りしめてきた。

「うっ……そ、そんなことされたら……」

股間に血液が流れこみ、男根がますます硬くなってしまう。

軽く握られているだけだが、自分の手で触れるのとは次元の違う快感がひろがっていた。

「わたし、夫が許せないんです」

京香の口から、それほど強い言葉が出るとは意外だった。

しかし、今の純也に会話をする余裕はない。なにしろ、片想いをしていた女性にペニスを握られているのだ。短パンごしとはいえ、強烈な快感がひろがり、早くも我慢汁が大量に溢れ出していた。

「……お願いできませんか」

懇願するような言い方だった。

浮気をしている夫への当てつけだろうか。京香は潤んだ瞳で見つめると、短パンごしにペニスをしごきはじめた。

「ううっ、きょ、京香さん……」

困惑してつぶやくが、彼女はやめようとしない。亀頭の先端から溢れた我慢汁が、ボクサーブリーフの内側に付着してヌルヌル滑る。すると、快感がさらに大きくなり、たまらず腰をよじらせた。

「くううッ、ダ、ダメです」

「ダメ……ですか？」

京香の表情が曇り、がっかりした声が漏れる。肩を落として、顔をうつむかせてしまった。

「そうですよね。わたしなんて、いやですよね」

完全に誤解をしている。京香は下唇を噛みしめて、今にも泣き出しそうになっていた。

「い、いえ、そういう意味では……」

慌てて否定するが、彼女は顔をあげてくれない。

もともとおとなしい性格で、自分から男に声をかけるタイプではない。きっと勇気を出して、純也を誘ったのだろう。

(それなら、俺も……)

京香の力になりたい一心で、なんとか羞恥を抑えこむ。そして、小さく息を吐き出してから口を開いた。

「できれば協力したいのですが……じつは……ど、童貞なんです」

経験がないことを告白するのは恥ずかしい。言った直後に顔が燃えるように熱くなった。

「だから、あまり自信がなくて……」

セックスしたいのは山々だが、上手くできるはずがない。京香のことを考えると、絶対に失敗は許されなかった。

(京香さんがはじめての人になってくれたら、最高だったのに……)

せっかくのチャンスだが、自分のことはあとまわしだ。

どんなに京香を助けたいと思っても、純也にできることはなにもない。残念だが、あきらめるしかなかった。

「じゃあ、わたしが……はじめてでも、いいんですか？」

京香がつぶやき、握ったままのペニスを再びしごきはじめる。

「ううっ……」

「だから、こんなに硬くしてくれたんですね」

ささやく声がうれしそうに聞こえたのは気のせいだろうか。

「わたしも、吉岡くんと……」

京香が濡れた瞳を向けてくる。純也と視線が重なると、照れたような笑みを浮かべた。

「きょ、京香さん？」

「だって、吉岡くん、やさしいから……」

そう言われて、急激に期待がふくれあがる。

なにやら、いい雰囲気だ。もしかしたら、セックスできるかもしれない。ついに童貞を卒業できるかもしれないのだ。

「で、でも……」

今は自分のことより、京香のことを考えなければならない。彼女の心の傷を少しでも癒やしてあげたかった。

「大丈夫です。わたしにまかせてください」

京香の手が短パンのウエストにかかる。そして、ボクサーブリーフといっしょに引きさげていく。

(い、いいのか?)

純也はとまどいながらも、尻を少し持ちあげる。すると、一気に引きおろされて、足から抜き取られてしまう。勃起したペニスが剝き出しになり、とたんに羞恥がこみあげる。

ずっと片想いしていた女性にペニスを見られているのだ。恥ずかしくて隠れたくなるが、同時にこれまで感じたことのない興奮も覚えていた。

「大きい……」

京香がペニスを見つめて、小声でつぶやく。

お世辞かもしれないが、男とは単純な生き物だ。そのひと言で、張りつめていた心がいくらか楽になった。

京香はTシャツも脱がして裸にすると、細い指を肉竿に巻きつけてくる。

直接、ペニスに触れられて、快感が背すじをゾクゾクと駆けあがった。硬さを確かめるように、巻きつけた指に何度も力をこめてくる。そうやって、じっくり刺激してから、ゆるゆるとしごきはじめた。

「うッ……ううッ」

すぐに呻き声が漏れてしまう。

早くも強烈な愉悦がひろがっている。自分でしごくのとは比較にならない。彼女の指はスローペースでスライドしているだけなのに、腰が小刻みに震え出していた。

「あ、あんまり、触られると……」

すぐに達してしまいそうだ。尻の筋肉に力をこめて耐えるが、先端からは透明な我慢汁がとめどなく溢れていた。

「感じてくれてるんですね」

京香がしみじみとつぶやく。そして、濡れた亀頭を指先で撫でまわした。

「くううッ」

「先っぽも、こんなに大きくなって……」

そこで言葉を切ると、純也の顔を見つめてくる。そして、何度か躊躇してから口を開いた。

「男の人に触れるの、久しぶりなんです。夫はだいぶ前から、わたしに見向きもしてくれなくて……」

悲しさと淋しさが入りまじった声だった。

剛太郎は涼子に夢中なのだろう。これほど魅力的な妻がいるのに、浮気する気持ちが理解できない。自分が涼子の夫なら、毎晩でも飽きることなくセックスするに違いなかった。

「大きくしてくれて、うれしいです」

京香はうっとりつぶやき、愛おしげにペニスを撫でまわす。我慢汁が全体に塗り伸ばされて、ヌルリッ、ヌルリッと滑るのが心地いい。尿道口から新たな我慢汁が滲んで、透明なドームを作っていた。

「き、気持ちいいです……ううぅッ」

これ以上、触られたら本当に暴発してしまう。震える声で告げると、彼女の手がペニスからすっと離れた。

「わたしも、服を……」

京香はいったん立ちあがり、ジーパンを脱ぎはじめる。

ボタンをはずしてファスナーをおろすと、ためらいながらもおろしていく。月明かりのなかで、股間に張りつく白いパンティが見えてくる。さらには、むっちりした太腿も露になった。

恥じらいながらブラウスのボタンをはずしていく。腹部は平らで臍は縦長、腰はなだらかな曲線を描いている。白いブラジャーに包まれた乳房は大きく盛りあがっていた。

ブラウスを完全に脱いで、人妻の女体を覆っているのは下着だけになる。京香は羞恥の表情を浮かべながらも、ブラジャーのホックをはずす。両手で胸を抱くようにしてカップをずらし、双つの乳房を剥き出しにした。

（おおっ……）

純也は思わず心のなかで唸った。

下膨れしたボリュームたっぷりのふくらみに視線が吸い寄せられる。涼子よりもひとまわり大きな乳房だ。頂点で揺れる乳首は濃いピンクで、すでに充血して硬くなっていた。

右の乳首の下に黒子《ほくろ》がある。それが色っぽく感じて気になってしまう。肌が白いせいか、よけい印象に残った。

「そんなに見られたら、恥ずかしいです」

京香は頬を染めながらパンティに指をかける。

そして、前かがみになり、じわじわとおろしていく。肉厚の恥丘が見えてきたと思ったら、陰毛がふわっと溢れ出す。おっとりした見た目からは想像できないほど、濃厚に生い茂っていた。

片足ずつ持ちあげてパンティを抜き取ると、京香は自分の身体を抱きしめて覆い隠す。そして、純也のことを甘くにらんできた。

「あんまり見ないでください……」

そう言われても、もう視線をそらすことはできない。

これまでは想像することしかできなかったが、手を伸ばせば届く距離で京香が肌をさらしているのだ。純也はペニスをますます硬くして、成熟した裸体を眺めまわした。

「き、きれいです……」

女性を褒めるのは照れくさい。しかし、今はテンションがあがっているため、さらりと口にできた。

「ああっ、恥ずかしいです」

京香が肩をつかんでくる。そのまま純也を仰向けに押し倒すと、股間にまたがってきた。

そのとき、チラリと彼女の股間が目に入った。月光を浴びた陰唇は、濃い紅色に輝いている。愛蜜が分泌されているのか湿っており、ヌラヌラと妖しげな光を放っていた。

(あ、あれが、京香さんの……)

思わず喉がゴクリと鳴った。

実物を見るのは、涼子につづいて二度目だ。ほんの一瞬だったが、今度は距離が近い。色は涼子よりもずっと濃いが、陰唇の形は整っている。赤貝を思わせる割れ目が、網膜にしっかり焼きついた。これほど本能に訴えかけてくる光景があるだろうか。

(あそこに、俺のチ×ポが……)

想像するだけで胸の鼓動が速くなる。ペニスはさらに反り返り、先端から新たなカウパー汁が溢れ出した。

「吉岡くん……」

京香が目もとを赤く染めて呼びかけてくる。

気づくと騎乗位の体勢になっていた。あの京香が足の裏をシーツにつけて、下肢をM字形にした卑猥な格好になっている。たっぷりした乳房が目の前に迫っているのも、牡の欲望を刺激した。

「こんな格好、はじめてなんです」

京香はしきりに照れている。

どうやら、騎乗位の経験はないらしい。それなのに、どうしてこの体位を選んだのだろうか。

(もしかして……)

そのとき、ふと思った。

剛太郎と涼子を意識しているのではないか。同じ体位でつながることが、夫への当てつけになると考えたのかもしれない。京香は右手を股間に伸ばし、ペニスをそっとつかんできた。

「はじめてがわたしで、本当にいいんですか?」

不安げな表情で見おろしてくる。

その直後、亀頭と陰唇が触れて、一気に欲望がふくれあがった。早くつながりたくて仕方がない。だが、ガツガツしていると思われたくない。なんとか興奮を抑えこみ、懸命に平静を装った。

「京香さんが、いいんです」

純也は躊躇することなく、きっぱり言いきった。

童貞卒業の相手が京香なら、これほどうれしいことはない。人妻なのであきらめていたが、奇跡が起きたような気分だ。

「お、お願いします」

夢なら最後まで覚めないでくれと本気で願う。

こうしている間も、我慢汁は溢れつづけている。一刻も早くつながりたい。とにかく、想いつづけてきた女性とひとつになりたかった。

「では……い、いきます」

京香も緊張しているらしい。震える声で告げると、腰をゆっくり落としはじめる。陰唇が亀頭に押しつけられて、ニチュッという湿った音が微かに響く。それと同時に、熱い粘膜が先端を包みこんだ。

「あッ……あああッ」

京香の艶めかしい声が聞こえて、頭のなかがカッと真紅に燃えあがる。

「ううッ」

純也もたまらず呻き声をまき散らす。とっさに首を持ちあげて己の股間に視線を向ける。すると、亀頭が女陰の狭間に埋まり、ズブズブとめりこんでいくのがはっきり見えた。

(は、入った……俺、セックスしてるんだ)

言葉にならない興奮が押し寄せる。

ついに童貞を卒業した。大人の男になったのだ。しかも、相手が京香だと思うと、感動はさらに大きくなった。

「よ、吉岡くん……はンンっ」

京香がかすれた声で呼びかけてくる。

尻を完全に落としこみ、勃起したペニスをすべて女壺に呑みこんでいる。先端が深い場所まで到達しており、肉棒全体が熱い媚肉に包まれていた。まだ挿《い》れただけなのに、膣襞がザワザワ動いて強烈な快感が湧きあがった。

「す、すごい……うううッ」

もう、呻くことしかできない。全身の筋肉に力をこめて、射精欲を抑えこむのに必死だった。

「ひ、久しぶりなの……ああっ」

京香は喘ぎまじりにつぶやき、純也の腹に両手をつく。そして、膣とペニスをなじませるように、腰を僅かにまわしはじめる。根元まで呑みこんだまま、陰毛同士を擦り合わせるような動きだ。

「ンっ……ンぁっ」

「そ、それ……き、気持ちいいです」

ほんの少し動いただけで、我慢汁が大量に溢れてしまう。なにしろ、はじめてのセックスだ。濡れそぼった膣壁に包まれているだけで、野太く成長した太幹がヒクついた。

京香は男根の感触を味わうように、睫毛を伏せて腰をまわしつづける。愛蜜の量が増えてきたのか、密着している部分がヌルヌル滑り出す。彼女の唇から漏れる吐息が、月明かりの射しこむ部屋にひろがっていく。

あの京香が裸になって、己の股間にまたがっている。騎乗位でペニスを挿入して、腰を艶めかしく振っているのだ。純也は快楽に耐えながら、夢のような光景を見あげていた。

「はああンっ、も、もう……」

京香の唇から甘い声が溢れ出す。瞼をそっと開いて見おろしてくる。彼女の瞳はしっとり濡れていた。

「動いてもいいですか」

ささやくような声で尋ねてくる。

さんざん腰をまわしていたが、それは動いたうちに入らないらしい。これより激しく動いたら、どれほどの快感が押し寄せてくるのだろう。

(お、俺、すぐイッちゃうかも……)

不安と期待、そして興奮が急速にふくらんでいく。

しかし、少しでも長くセックスしていたい気持ちもある。純也がとまどっていると、京香は腰を上下にゆったり振りはじめた。

「あっ……あっ……」

切れぎれの喘ぎ声を漏らしながら、屹立したペニスを出し入れする。普段は物静かな女性が徐々に乱れていく。

目の前で大きな乳房が弾むのも興奮を誘う。京香が腰を振るたび、タプタプと柔らかく波打っている。乳首がますます隆起して、とがり勃っているのも卑猥だった。

「ううッ、き、気持ちいいっ」

膣道でペニスを擦られて、腰が勝手に震え出す。経験したことのない鮮烈な感覚がひろがり、慌てて奥歯を強く噛む。両手でシーツを握りしめて耐えるが、このままだとすぐに達してしまう。

「くううッ、ま、待って、うううッ」

「ああっ、わ、わたしも……」

京香は腰の動きを緩めるどころか、どんどん速くしてしまう。尻を上下に弾ませて、ペニスをリズミカルに出し入れした。

「あああッ、い、いいっ」

久しぶりだと言っていたが、なにかに火がついたのかもしれない。愛蜜の量が増えて、結合部分から湿った音が響き渡る。快感が快感を呼び、純也は無意識のうちに股間を突きあげた。

「はあああッ、奥まで来ちゃうっ」

京香の嬌声が、牡の欲望を加速させる。少しでも長持ちさせたいが、経験したことのない愉悦が全身に蔓延していく。

「うううッ……うううッ」

凄まじい快感だ。どうしても声を抑えられない。蕩けそうな媚肉で、硬直したペニスを擦られているのだ。自分の手でしごくのとは異なる愉悦が、全身の細胞を小刻みに震わせた。

「も、もうっ、うううウッ、もう出ちゃいますっ」

「あああッ、い、いいですよ、出してください」

京香が腰を振りながら、やさしく告げる。それと同時に尻を激しく上下させて、ペニスを思いきり擦りあげた。

「くおおおおッ」

「我慢しないで、いっぱい出して……ああッ、あああッ」

「で、出るっ、出る出るっ、ぬおおおおおおッ！」

ついに雄叫びをあげながら、思いきり精液を放出する。その間もズブズブ出し入れされることで、絶頂の快感がさらに引きあげられていく。射精がとまらなくなり、睾丸が空になるまで白濁液を噴きあげた。

「はあああッ、わ、わたしも、あああッ、あぁあああああああッ！」

京香も喘ぎ声を響かせる。尻を勢いよく打ちおろし、ペニスを膣の奥深くまで迎え入れた。

ペニスが根元まで呑みこまれて、無数の膣襞で揉みくちゃにされる。膣のなかは愛蜜と精液がまざり合い、ドロドロの状態になっていた。そこでさらに締めあげられることで、魂まで溶けそうな快楽がひろがった。

もう、なにも考えられない。

頭のなかが真っ白で、全身の筋肉が小刻みに痙攣している。強烈な絶頂の余韻が色濃く残っており、純也はハアハアと呼吸を乱していた。

京香は隣に横たわっている。こちらに背中を向けて、ただじっとしていた。もしかしたら、泣いているのかもしれない。なにか声をかけたいが、なにを言えばいいのかわからなかった。

隣室からは、まだ水の流れる音が聞こえている。

ふたりはまだシャワーを浴びているらしい。ときおり、涼子の喘ぎ声が聞こえてくる。そのたびに、京香はせつなげに肩を震わせた。そして、ついには嗚咽を漏らしはじめた。

(京香さん……)

いたたまれなくなり、思わず京香の身体を抱きしめる。

気の利いた言葉をかけることはできない。でも、自分は味方であることを伝えたかった。

京香は一瞬、身体を硬直させる。しかし、一拍置いて純也に向きなおり、胸に顔を埋めてきた。

(ひとりじゃありません)

彼女のなめらかな背中をやさしく撫でる。

(俺が、ずっといっしょにいますから……)

非力な自分にできることはなにもない。

だが、こうして寄りそっていることはできる。京香が苦しいとき、せめて近くにいてあげたかった。

第三章　聞こえてくる声

1

　思いがけず童貞を卒業して、四日が経っていた。

　大学はまだ夏季休業中だ。純也は次のアルバイトも見つからず、相変わらず暇を持てあましていた。

　こんなとき、恋人がいれば楽しく過ごすことができるのだろう。しかし、二十年の人生で、女性と交際した経験は一度もない。初体験はできたが、京香は人妻だ。あの日から連絡も取っていなかった。

（あっ、もうこんな時間か……）

ベッドで横になってテレビを眺めているうち、午後四時半をすぎていた。

今日はバイトの給料日だ。居酒屋はクビになってしまったが、最後のバイト代が出る。店長に会うのは気まずいが、もったいないので受け取りに行くつもりだ。開店時間は夕方五時で、だいたい六時くらいから混みはじめる。忙しくなる前に行ったほうがいいだろう。

(でも、会いたくないなぁ……)

店長の顔を思い浮かべると、とたんに気が重くなる。

理不尽な理由でクビを言い渡された。あの日のことを考えると、いまだに腹が立って仕方なかった。

京香に話しかけていただけなのに、突然、剛太郎が怒り出した。そして、わけがわからないまま殴られたのだ。

店長の星野には経緯を説明したが、まったく取り合ってもらえなかった。星野は京香の姿を見ておらず、下手な言いわけをしていると思ったらしい。それでも純也が言い張ると、星野はついに怒り出した。

「いい加減にしろ。おまえはクビだ!」

店中に響く大声だった。

先輩の麻里や客がいる前で怒鳴られた。すぐに謝ればクビにはならなかったかもしれない。しかし、本当に京香と話していただけだ。悪いことをしていないのに謝る必要はないと思った。

(どうして、俺がクビになるんだよ……)

今さらながら苛立ちがこみあげる。

正直、星野には会いたくないが、最後のバイト代だけはもらうつもりだ。理不尽にクビになった純也の、せめてもの抵抗だった。

短パンからジーパンに履き替えると、重い足取りで部屋をあとにした。

居酒屋小鉄は、まだ開店前で暖簾が出ていなかった。

純也は気合いを入れて引き戸を開けると、店内に足を踏み入れた。

客席の照明は暗いが、奥の厨房だけ明かりが灯っている。星野の後ろ姿が見えた。仕込みの最中らしく、大鍋をかきまわしている。必ずひとりはアルバイトが入るはずだが、まだ麻里も京香もいなかった。

「店長……」

純也はカウンターに歩み寄ると、気持ちを引きしめて声をかけた。

会うのはクビを言い渡されて以来だ。最後に怒鳴られた印象が強く残っているため、また怒られそうな気がして落ち着かなかった。

「おおっ、純也か」

振り返った星野が笑みを浮かべる。

「バイトに復帰する気になったのか？」

まったく予想外の反応だった。

まさか星野の口から、そんな言葉が出るとは思いもしない。冗談ではなく、本気で言っているような雰囲気があった。

「い、いえ……バイト代をもらいに来ました」

拍子抜けして、座りこみそうになってしまう。

怒鳴られないにしても、嫌みのひとつでも言われると覚悟していた。ところが、星野の態度は予想と正反対だった。

「用意してあるよ」

星野はバイト代の入った茶封筒を取り出した。

「ありがとな。一杯おごるから座れよ」

「えっ、いや……」

断ろうとするが、すでに星野はビールをジョッキに注ぎはじめている。仕方なく純也はカウンター席に腰かけた。

「はいよ」

「ど、どうも……」

ビールを目の前に出されて、困惑しながら頭をさげる。星野は自分のぶんのビールも注ぎ、カウンターの向こうに立った。

「いただきます」

さっそくビールに口をつける。なんとなく居づらいので、早く帰りたかった。

「本当に辞めちまうのか?」

星野もビールを飲みながら語りかけてくる。

自分でクビを言い渡したのに、今さらなにを言っているのだろうか。思わず怪訝な目を向けると、星野は苦笑いを浮かべた。

「俺も、ついカッとなっちまってよ。あんなこと言って悪かったな」

まさか謝られるとは思いもしない。純也はどう答えればいいのかわからず、慌てて視線をそらした。

「この仕事してると、酔っぱらいの客もめずらしくないからな。客がからんできたときは、すぐに逃げればいいんだよ」

「でも、京香さんがいたから……」

あのときは、ひとりで逃げるわけにはいかなかった。京香を守らなければと必死だった。

「京香さんが巻きこまれたらいけないと思って、俺だけ逃げるわけにはいかなかったんです」

「純也……」

星野がカウンターごしに見つめてくる。

「まだ、そんなこと言ってるのか。あの場に京香さんがいるわけないだろ」

どこか呆れたような顔をしていた。

「いたんですよ。俺は確かに——」

「おまえ、京香さんのこと大好きなんだな」

「な、なにを……ち、違いますよ」

いきなり図星を指されて、純也はしどろもどろになってしまう。ごまかそうとするあまり、よけいにおかしな感じになっていた。

「あれか、京香さんが人妻だから気にしてるのか。別にいいじゃねえか。好きになっちまったんだから」

「そ、そんなんじゃないですよ。あの日は京香さんの元気がなかったから、気になっただけです」

「なあ、純也……」

星野は急に表情を引きしめると、あらたまった様子で語りかけてくる。

「あれは事故だ。おまえが責任を感じることはないんだぞ」

いったい、なにを言っているのだろう。純也は意味がわからず、星野の顔を黙って見つめた。

「京香さんは入院中だろ。まだ意識は戻ってないんだ。あの夜、店に来られるはずがねえんだ」

「にゅ、入院……」

つぶやいた瞬間、頭が割れるように痛くなる。思わず顔をしかめて、こめかみを指で強く押さえた。

「ど、どうして……」

「まさか、忘れちまったのかよ？」

星野が驚いた顔をする。だが、すぐに納得した様子でうなずいた。

「まあ、忘れたい気持ちもわかるけどよ……俺もできれば忘れちまいたいよ。でも、あのときの光景が目に焼きついて離れねえんだ」

苦々しい顔をしながら、星野が語りはじめる——。

それは、純也がクビを言い渡された日の出来事だった。いつもどおり、居酒屋小鉄は夕方五時に開店した。

アルバイトは純也と京香のふたりが入っていた。あの日はめずらしく開店直後から混雑して、いきなり忙しくなった。つい小走りになり、京香は足を滑らせて転倒したという。

(そうか……そうだよ!)

そう言われてみれば、そうだった。

純也も現場にいた。京香が倒れる瞬間はいちばん近くにいて、とっさに助けようとしたが間に合わなかった。あのとき、彼女の頭が床に打ちつけられたときの鈍い音を思い出した。

急激に記憶がよみがえってくる。

開店前に厨房の床を掃除したのは純也だった。水で流したため、まだ床が濡れていたのだ。

(お、俺が、床を濡らしたから……)

どうして今まで忘れていたのだろうか。

ショックが大きすぎて、無意識のうちに記憶から追い出してしまったのだろうか。あのあと星野が救急車を呼び、京香は病院に搬送されていったのだ。そして、急遽、麻里がアルバイトに入ることになった。そんな大事なことを、今の今まで忘れていた。

「おまえは床掃除したことを気にしてたけど、水で流せって指示したのは俺だからな。おまえの責任じゃないんだぞ」

星野が厨房から出てきて隣に立つ。そして、純也の肩を元気づけるように軽くたたいた。

「大丈夫……きっと大丈夫だよ」

そう言われると、逆に不安になってくる。京香の状態は、よほど悪いのだろうか。

「京香さん、今はどんな感じなんですか？」

「うん……まだ意識は戻らないままだ」

星野の言葉が、胸に重く響いた。

京香は十日間も意識不明の状態がつづいているという。それなのに、純也は完全に忘れていたのだ。

(どうして……)

そのとき、ふと奇妙なことに気がついた。

あの夜、純也はカウンター席に座っていた京香を見ている。しかも、目が合ったのをはっきり覚えている。京香は暗い表情で、なにか言いたげに純也の顔を見ていたのだ。

思わず京香が座っていた席を見やった。

今、純也が座っている隣の席だ。あの夜、確かに京香はそこに座っていた。あれが幻のはずがない。

(でも……)

少し様子がおかしかったのも事実だ。

純也が話しかけても、彼女は言葉を返してくれなかった。思いつめたような表情で黙りこんでいた。

考えてみれば、京香の姿を星野も麻里も見ていないという。

(俺の幻覚だったのか?)

だんだん自信がなくなってきた。

客が来たら「いらっしゃいませ」と元気よく迎えろと教えられた。実際、星野も麻里も、接客はしっかりしていた。そのふたりが、京香が店に入ってきてカウンター席に座るところを見逃すだろうか。星野は調理中で、麻里は接客中だったが、どちらかが気づくのではないか。

（あの、おっさんも……）

剛太郎にも見えていなかったと仮定すれば、いろいろ辻褄が合う。自分の妻がすぐ近くにいるのに、剛太郎は無反応だった。いくら夫婦仲が微妙だとしても、気づかないのは不自然だ。そして、純也が京香に話しかけているのも、独りごとを言っているように映ったのではないか。

――うるせえな。なにひとりでゴチャゴチャ言ってるんだ。

確か剛太郎はそう吐き捨てた。

虫の居所が悪いところに、純也が独りごとを言っているように見えたため、怒りを買ったのではないか。

純也は京香を守ろうとして、彼女の前に立ちふさがった。しかし、剛太郎からすれば、純也が迫ってきたように見えたのかもしれない。そして、純也は殴り飛ばされてしまった。

(俺が見た京香さんは……)

やはり幻覚なのだろうか。

目の前で京香が頭を打ち、意識を失った。それを目撃してたショックで、精神的にまいっていたのかもしれない。

「医者が言うには、今すぐ命がどうこうってわけじゃないらしい。打ちどころは悪かったが、意識は自然に戻るって話だ」

星野が説明してくれるが、小さくうなずくだけで精いっぱいだ。胸のうちには不安と自己嫌悪がひろがっていた。

(どうして、忘れてたんだ……)

自分がひどく冷たいやつに思えてくる。

惚れた女性が大変なときに、呑気に隣室をのぞいていたのだ。そんなことをしている暇があるのなら、京香のためになにかするべきだった。

「また自分を責めてるんじゃないだろうな。いいか、あれは事故なんだ。おまえが悪いわけじゃねえんだぞ」

星野の言葉がやさしく胸に響いた。

あの夜は、星野もショックを受けていたのだろう。だから、純也に怒鳴ってしまったのではないか。今ならそれがわかるから、星野に対するわだかまりは完全に解消された。

「次のバイトは決まってるのか？」

再び星野が語りかけてくる。

「決まってないなら、戻ってきてくれると助かるんだけどな」

ありがたい提案だが、今は応じる余裕がない。純也は無言のまま、残っていたビールをぐっと飲みほした。

2

（どうなってるんだ……）

純也は自室の戻ってから、ずっと頭を悩ませていた。

食欲は湧かなかった。晩飯も食べず、もう一時間以上もベッドに座りこんだままだ。

京香の見舞いに行きたかったが、大きな疑問を抱えて困惑していた。

星野の話によると、京香はあの日から入院したままで、まだ意識は回復していないという。とはいえ、命に別条はないようだ。今は意識が自然に戻るのを待っているらしい。

（じゃあ、あの夜はなんだったんだ？）

純也は思わず眉間に深い縦皺を刻みこんだ。

四日前の木曜日、京香はこの部屋に来た。そして、純也と身体を重ねた。まったく女性経験のなかった純也の童貞を、やさしく奪ってくれた。はじめてのセックスの相手になってくれたのだ。

（入院していたはずなのに……）

どう考えてもあり得ない。

意識のない京香が、この部屋を訪れるはずがない。ましてや、セックスするなど不可能だった。

あれも幻覚だったのだろうか。

しかし、セックスの生々しい記憶はしっかり残っている。柔らかい女体の感触と、ペニスを包みこむ膣肉の快楽も忘れようがない。これまでの人生で経験したことのない愉悦だった。

（あれが全部、幻覚だっていうのか）

どうしても信じられない。

なにしろ、あれがはじめてのセックスだったのだ。ということは、自分の知らないセックスの快楽を想像したことになる。そして実際、この世のものとは思えない愉悦を味わったのだ。

はたして、そんなことが可能だろうか。

今、思い返してもリアルな記憶として脳裏に刻みこまれている。もちろん、ペニスで感じた膣の熱さや柔らかさも、忘れるはずがない。記念すべき、はじめてのセックスだ。すべてを詳細に覚えていた。

京香のことを想うあまり、おかしな夢を見たのだろうか。

そうだとすると、純也はまだ童貞ということになる。大人の男になったつもりでいたが、なにも変わっていないのかもしれない。

真実を確かめるには、京香に会うしかないだろう。意識を失っている彼女を見れば、納得するしかないはずだ。だが、もうすぐ夜七時になろうとしている。病院の面会時間に間に合うだろうか。

そんなことを考えていると、ふいに呼び鈴が鳴った。

（まさか……）

来るはずがないとわかっていても、期待がふくれあがってしまう。

この部屋の呼び鈴が鳴るのは、先日、京香が訪ねてきて以来だ。夢でも妄想でもいいから、京香に会いたいという気持ちが強かった。

再び呼び鈴が鳴り響く。

純也はベッドから立ちあがると、玄関に向かってフラフラ歩いていく。ドアの向こうに人の気配がする。いったん、深呼吸して気持ちを落ち着かせると、ゆっくりドアを開けた。

「こんばんは……」

遠慮がちな声が聞こえる。

そこに立っていたのは京香ではなく、バイトの同僚で大学の先輩、麻里だった。黄色のショートパンツに白いTシャツという、健康的な彼女らしい格好だ。相変わらずかわいらしい顔立ちだが、今夜はなにやら探るような表情を浮かべていた。

「麻里さん……どうしたんですか？」

純也は無意識のうちに身構えてしまう。

麻里が訪ねてくるのなどはじめてだ。アパートを教えた覚えもないのに、いったい何ごとだろうか。

「うん、ちょっとね……っていうか、店長に様子を見てこいって言われたの」

いきなり、麻里はぶっちゃけた。

「本当はこっそり様子を探ってこいって言われたんだけど、そういうの苦手だからさ」

そう言って、麻里は満面の笑みを浮かべる。いつもの明るさが戻って、純也もなんとなくほっとした。

「そうだったんですか……」

「うん、店長、心配してたよ」

アルバイトを辞めたのに、心配してくれているという。口は悪いが、星野は心やさしい男だった。

「あがるわね。店長からの差し入れもあるし」

麻里が手にしていたコンビニ袋を軽く持ちあげる。なかには缶ビールが数本入っていた。

「ど、どうぞ……」

勢いに押されるまま部屋に通す。

麻里はさっと見まわすと、躊躇することなくベッドに腰かけた。純也のことをまったく警戒していない。なにかする気はないが、男として見られていないと思うと、少し淋しい気がした。

「はい、これね」

「どうも……」

缶ビールを手渡されて、純也は卓袱台を挟んだ向かいに座った。

「じゃあ、とりあえず飲もうか」

麻里はプルタブを引くと、さっそくビールを飲みはじめる。

こういうときは彼女の物怖じしない性格と明るさがありがたい。重く沈んでいた空気が少し軽くなった気がした。

「調子はどう？」

「え、ええ、まあ……」

小声でつぶやくことしかできなかった。

なにしろ、自分の身に起きていることが理解できない。京香に会ったと思いこんでいた。夢を見ていたのか、妄想していたのかもわからない。心と体に刻みこまれた初体験の記憶は、本物としか思えなかった。

「京香さんが倒れたときのこと、忘れてたんだって？」

「そうなんです。でも、店長の話を聞いたら思い出したんです」

正直に答えると、麻里は小さくうなずいた。

「やっぱり、ショックで忘れちゃったのかな。純也くん、京香さんのこと大好きだもんね」

「なっ……」

思わず言葉につまってしまう。

そういえば、星野もそんなことを言っていた。

京香への想いは、誰にも打ち明けたことはない。彼女は人妻だ。どうせ叶わぬ恋だとわかっている。誰かに相談するつもりはなかった。

（それなのに……）

どうして、麻里も星野も知っているのだろうか。不思議に思っていると、ふいに麻里が笑い出した。

「純也くんって、ほんと、わかりやすいね」

いったい、どういう意味だろう。なにを言われているのか、さっぱりわからなかった。

「自分ではバレてないと思ってるでしょ。でも、京香さんとしゃべってるとき、すっごく楽しそうだもん」

「そ、そんなこと……」

否定しようとするが、確かに京香と話しているときは、このうえない幸せを感じていた。この時間がずっとつづけばいいのにと思っていた。そういった感情が顔に出ていたのかもしれない。

「でも、思ったより元気そうでよかった」

そんな話をしていると、どこかで呼び鈴の鳴る音が聞こえた。

（これって、もしかして……）

隣の一〇四号室に違いない。考えてみれば、今日は月曜日だ。今までどおりなら剛太郎と涼子が密会する日だ。

「このアパート、壁が薄いんだね」

麻里がそう言って背後の壁を見やる。そして、なにかに気づいたように、動きをピタリととめた。

「これ、なに？」

壁に貼られた補修テープを見つめている。

「そ、それは……さ、最初から……」

慌ててごまかそうとするが、言葉につまってしまう。まさか、そんなことを指摘されるとは思いもしなかった。

「穴が開いてたりして」

麻里がいたずらっぽい笑みを浮かべる。

「そんなわけないか。ははは」

ひとりで言って楽しそうにしているが、純也は気が気でなかった。

いつものパターンだと、剛太郎と涼子は顔を合わせたとたん、セックスをはじめる。すでに抱き合っている可能性も充分あるのだ。

(頼む……今日は静かにやってくれよ)

そう心のなかで祈った直後だった。

「ああンっ」

いきなり、女性の艶めかしい声が聞こえた。

涼子に間違いない。微かな声だが、純也は彼女の悶える姿を目撃している。その声だけで涼子だとわかった。

「ちょっと……」

麻里の顔から笑みが消えている。真剣な表情で純也を見やり、再び壁に視線を向けた。

「あンっ……は、早く……」

またしても声が聞こえる。しかし、壁ごしで、しかも小さな声なので、誰かを特定するのはむずかしいだろう。

「あれ？」

ところが、麻里はぽつりとつぶやいた。

「この声、聞いたことがある気がするんだけど、知り合いじゃない？」

尋ねてくるが、本当は確信しているのではないか。それくらい自信に満ちた目をしていた。

「さ、さあ……」

純也はそう惚けるので精いっぱいだ。

まさか、穴から見たことを口にするわけにはいかない。最初から開いていたとはいえ、のぞきは許されない卑劣な行為だ。そのことを誰かに知られるわけにはいかなかった。

すると、麻里がまっすぐ見つめてくる。まるで心を見透かすように、純也の目をのぞきこんできた。

「なんとなく涼子に似てる気がするのよね。じつは、わたし、涼子と仲がいいの。だから、声を聞いた瞬間、あれって思っちゃった」

そう言われて思い出す。麻里と涼子は同じ大学の四年生だ。つながりがあってもおかしくない。

しかも、麻里はアイドルのようにかわいらしい顔立ちをしている。ミスキャンパスの涼子といっしょにいても見劣りしない。性格も明るくてさっぱりしているので、誰とでも仲よくなれるのだろう。

「純也くんも知ってたんでしょ」

「は、はい？」

危うく声が裏返りそうになる。懸命にこらえるが、それでも頰の筋肉がひきつるのはわかった。

「ほんと、わかりやすいよね」

麻里がふっと笑う。

どうやら、動揺が顔に出ていたらしい。純也はそれ以上、なにも言えなくなって黙りこんだ。

「このテープを剝がしたら、隣が見えるんじゃない？」

麻里が爪の先を補修テープにあてがう。何度も剝がしているので、すっかり糊が弱くなっている。いとも簡単に剝がれてしまった。

「やっぱり……」

小さな穴を見つけると、麻里が小声でつぶやいた。そして、唇の端に興味津々といった感じの笑みを浮かべる。

「ま、麻里さん、やばいです」

純也は慌てて立ちあがり、抑えた声で語りかけた。

「ちょっとだけなら、いいでしょ」

ところが、麻里は構うことなく穴に顔を寄せていく。純也がとめようとした意味をわかっていなかった。

のぞけばショックを受けるのは間違いない。涼子と仲がいいのなら、なおさらだ。なにしろ、涼子は中年男とすでにセックスをはじめている可能性もあった。

穴に目を寄せた麻里が、その姿勢で動きをとめた。

隣室の光景を目の当たりにして、ショックを受けているのかもしれない。やはり、涼子と剛太郎のセックスがはじまっていたのではないか。

（麻里さんって……経験あるのかな？）

そのとき、ふと思った。

麻里は壁に両手をついて、穴に顔を寄せている。そのため、張りつめたショートパンツのヒップを突き出す格好になっていた。

背後に立っている純也は、いけないと思いつつ、麻里のヒップに視線が吸い寄せられてしまう。あの尻を揉みしだいた男はいるのだろうか。明るくて人懐っこいので、経験人数は多いかもしれない。

やがて、麻里が壁の穴からゆっくり離れて、ベッドに座り直した。

「そういうことね」

ぽつりとつぶやく声は、意外に落ち着いている。まるで、こういうパターンも想定していたような言い方だ。

「涼子に彼氏がいるっぽいのはわかってたの。でも、相手のことを教えてくれないのよ。なんか、おかしいと思ってたのよね」

麻里が話すのを、純也は立ちつくしたまま聞いていた。

「あれ、不倫でしょ？」

問いかけられて、純也は言葉につまってしまう。

不倫だというのは、相手の男を見れば想像がつくだろう。しかし、男が京香の夫であることを麻里は知らないのだ。それを知られるのでは、京香があまりにもかわいそうだ。男の素性だけは、なんとしても隠しとおしたい。

「ふ、不倫だと思いますけど……」

「男の人は誰？」

「知りません」

純也はきっぱり言いきった。ところが、麻里はむずかしい顔をして、首をかしげた。

「どっかで、見たことある気がするのよね」

そう言われて、はっとする。

十日前、純也は居酒屋で剛太郎に殴られた。あの場に麻里もいたのだ。見覚えがあって当然だった。

（ま、まずい……）

完全に失敗した。

最初から、俺を殴った男だと言っておくべきだった。ひとつの嘘から綻びが生まれて、芋づる式にすべてを明かすことになってしまう。とにかく、京香を傷つけたくなかった。

「お、俺も見ていいですか」

純也は話題を変えようと、ベッドに歩み寄っていく。そして、ベッドにあがるなり、膝立ちになって穴に片目を寄せた。

3

(な、なんだ、これは?)

穴をのぞいた純也の目に飛びこんできたのは、驚愕の光景だった。

ベッドの上で、裸の剛太郎が仰向けになっている。そこに、やはり裸の涼子が逆向きになって重なっていた。

男の顔をまたいで、裸体をぴったり密着させている。たっぷりした乳房が中年太りの腹の上で、柔らかくひしゃげていた。きっと女体が触れているだけでも気持ちいいのだろう。黒光りするペニスが屹立しており、先端から大量の我慢汁を溢れさせていた。

「あンっ……はあンっ」

涼子は太幹の根元に指を巻きつけている。そして、うっとりした顔で舌を伸ばして、肉竿に這わせていた。

「こんなに濡らして、興奮してるんだな」

剛太郎の下卑た声が聞こえる。

両手を涼子の尻たぶにまわしこみ、首を持ちあげて股間に顔を埋めていた。彼女の割れ目を舐めているのは間違いない。ピチャッ、クチュッという湿った音が響いていた。

(シ、シックスナインじゃないか!)

思わず心のなかで叫んだ。

AVのなかでは何回も見たことがある。しかし、普通にやる行為だとは思っていなかった。

「あむううっ」

やがて涼子は自らペニスを口に含み、首をゆったり振りはじめる。唇を竿に密着させて、ヌルヌルと擦りあげた。

「ずいぶん、がっつくじゃないか。そんなに欲しいのか?」

剛太郎がからかいの言葉をかけながら、涼子の股間を舐めまわす。女体が小刻みに震えているのは感じている証拠だ。唾液にまみれたペニスも隆々と屹立していた。

（りょ、涼子さんが、あんなことまで……）

純也はふたりの姿から目を離せなかった。

誰もが憧れる学園のマドンナが、中年男とシックスナインで昂っている。互いの性器を舐め合うことで盛りあがっているのだ。ふたりがこれからセックスをして、腰を振り合うのは間違いなかった。

「純也くん、興奮しちゃったの？」

ふいに耳もとで声が聞こえた。

その直後、ジーパンごしにペニスを撫であげられる。勃起した肉棒を不意打ちで刺激されて、鮮烈な快感がひろがった。

「くううッ」

危うく大きな声が漏れそうになり、懸命に呑みこんだ。

いつの間にか麻里が身を寄せて、手のひらを股間に乗せている。硬くなった太幹を、ジーパンの上から握りしめていた。

「すごいね。こんなに硬くなってるよ」

熱い吐息を耳孔に吹きこまれて、ゾクゾクするような感覚がこみあげる。純也は思わず肩をすくめると、壁から離れてベッドに腰かけた。

「な、なにやってるんですか」

抑えた声で抗議する。ところが、麻里は身体をぴったり寄せたまま、悪びれることなく再びジーパンの上からペニスを握った。

「ちょ、ちょっと……今はこんなことしてる場合じゃ……」

脳裏に京香の顔が浮かんだ。純也は思わず身をよじるが、なぜか強く抵抗できない。

「全然、力が入ってないじゃん。本当は純也くんも期待してるんでしょ」

麻里は瞳を輝かせて口もとに笑みを浮かべながら、太幹をニギニギと刺激する。強弱をつけて握られると、たまらない快感がひろがった。

「ううッ、や、やめてください……」

「こんなに硬くしてるくせに、なに言っても説得力ないよ」

確かに麻里の言うとおりかもしれない。

抗っているのは口先だけだ。彼女の手を払いのけることなく、快楽に身をゆだねている。入院している京香を心配する一方で、もっと気持ちよくなることを期んでいた。
「毎晩、のぞいてたの？」
麻里が耳もとで尋ねてくる。その間も、ジーパンの上からペニスをやさしく揉
「ど、どうして、こんなこと……」
「だって、友達があんなことしてるの見たんだよ。涼子があんなに積極的だなん
て知らなかった」
友達の淫らな姿を目の当たりにして興奮したらしい。麻里の顔はうっすら桃色
に染まり、息遣いが荒くなっていた。
「京香さんに会えなくなって淋しいんでしょ。わたしが慰めてあげるよ」
「ダ、ダメですよ」
「京香さんとつき合ってるわけじゃないでしょ。問題ないよ。わたしだって、恋
人がいるわけじゃないから」
麻里がジーパンごしに太幹を擦り出す。快楽が全身にひろがり、頭のなかまで
痺れはじめた。
「で、でも……」

きっぱり断れない自分が情けない。いけないと思っても、どうしても意識が股間に向いてしまう。

「京香さんには黙っててあげるから大丈夫」

魅力的な提案だが、京香への想いを大切にしたい。しかし、心が揺れているのも事実だ。

「ねえ、毎晩、のぞいてたんでしょ。正直に答えたら、もっと気持ちいいことしてあげる」

麻里のささやきが頭のなかで反響する。

すでにペニスはガチガチに勃起して、大量の我慢汁が溢れているのだ。そこをやさしくしごかれて快感がひろがっている。この状況で拒絶するなど、できるはずがなかった。

「ま、毎晩じゃ……た、たまに……」

問われるまま答えていた。

さらに隣室は不倫部屋として使われていること、ふたりは月曜日と木曜日に現れることなどを教えた。だが、剛太郎が京香の夫であることは、最後まで明かさなかった。

「ふうん、涼子、本当に不倫してるんだね」

友達の秘密を知ったことで、さらに興奮したらしい。麻里はジーパンのボタンをはずしてファスナーをおろしはじめる。

「ま、麻里さん？」

「約束したでしょ。もっと気持ちいいことしてあげるって」

細い指がジーパンのウエストにかかり、反射的に尻を持ちあげる。すると、ジーパンとボクサーブリーフがまとめて引きさげられた。

「すごいじゃん。純也くんのって、こんなに大きいんだ」

麻里は勃起したペニスを見つめて瞳を輝かせる。そして、純也の体から服を剝ぎ取り、あっという間に裸にした。

「な、なんか、恥ずかしいです」

自分だけ裸にされて、羞恥がこみあげてくる。ペニスを隠したいが、よけいに恥ずかしい格好になりそうで我慢した。

「慣れてないんだね。もしかして、童貞？」

そう言われてはっとする。

京香との初体験は、やはり夢だったのだろうか。入院している事実を考えると、現実であるはずがない。しかし、心と体には現実の出来事として、記憶が刻みこまれていた。

「い、一応……ど、童貞です」

本当は経験があると言いたい。だが、見栄を張って失敗するような事態は避けたかった。

「一応ってなに？」

麻里はそう言って、口もとに笑みを浮かべた。

童貞が見栄を張っているとでも思ったのではないか。麻里はそれ以上、突っこんで聞いてくることはなかった。

「じゃあ、わたしが教えてあげる。横になって」

言われるまま、ベッドで仰向けになる。

勃起したペニスが股間からそそり勃っているのが恥ずかしい。だが、同時に期待もふくれあがっている。やけにリアルな夢のなかで、はじめてのセックスを経験しているので、いくらか余裕があった。

麻里はベッドの横に立ち、Tシャツを脱いでいく。すると、白いブラジャーに包まれた乳房が現れた。大きなふくらみがハーフカップに押しこまれている。はみ出した乳肉に、カップの縁がめりこんでいた。

　さらにショートパンツをおろすと、なかに穿いているのはローライズの白いパンティだ。普通なら陰毛が見えそうなほど股上が浅く、ついつい視線が吸い寄せられてしまう。

　腹は平らで腰はくびれており、尻がむっちり張り出している。視線を感じて高揚したのか、腰をくねらせる姿が色っぽい。両手をゆっくり背中にまわすと、照れ笑いを浮かべながらブラジャーのホックをはずした。

　カップを弾き飛ばす勢いで、張りのある乳房がまろび出る。まるで新鮮なメロンを思わせる大きなふくらみだ。重力に逆らうように前方に飛び出して、鮮やかなピンクの乳首はツンと上を向いていた。

（す、すごい……）

　思わず喉がゴクリと鳴ってしまう。

　京香には及ばないが、涼子と同じくらいのボリュームがあるのではないか。素晴らしい美乳を前にして、瞬きするのも忘れて凝視した。

「そんなに見つめられたら、穴が開いちゃうよ」

　麻里は頰をほんのり桃色に染めてブラジャーを取り去り、パンティに指をかける。さすがに躊躇するが、それでもゆっくり引きさげていく。

ウエストゴムが少しずつさがると、やがて陰毛が見えてくる。繊毛のように極細で、恥丘の白い地肌と縦に走る溝が透けていた。左右の足を交互にあげて、パンティをつま先から抜き取った。

「これで、同じだね」

麻里は一糸纏《まと》わぬ姿になると、指先で摘まんだパンティをハラリと落とす。そして、ゆっくりベッドにあがってくる。

「な、なにを……」

純也は思わずつぶやいた。

麻里が脚の間に入りこんで正座をしたのだ。ペニスが屹立したままなのが恥ずかしいが、視線は瑞々しい女体に吸い寄せられていた。

「お口でしてあげる」

そのひと言で、期待がふくらんだ。

(口って、まさか……フェ、フェラチオのことじゃ……)

心のなかでつぶやけば、頭のなかがカッと燃えあがる。

京香との不確かな行為のなかでも、フェラチオは経験していない。どれほどの快楽を得られるのか、想像しただけでも興奮が押し寄せた。

「すごく硬いね」

麻里が細い指を太幹の根元に巻きつける。そして、前かがみになり、股間に顔を寄せてきた。熱い吐息が亀頭に吹きかかったと思ったら、先端にチュッと唇が密着する。

「うっ……」

思わず小さな呻き声が漏れてしまう。亀頭に軽くキスされただけで、快感電流が全身にひろがった。

「お汁がいっぱい溢れてるよ。そんなに興奮してるの?」

柔らかい唇を亀頭に押し当てたまま、麻里が上目遣いに尋ねてくる。純也はまともに返事もできず、ガクガクとうなずいた。

「もしかして、お口でしてもらうのも、はじめて?」

「は、はい……」

なんとか声を絞り出す。こうしている間も、我慢汁が溢れている。唇が僅かに動くだけで、次々と快感の微電流がひろがっていた。

「腰が震えてるよ。期待してるのかな?」

麻里は唇を押し当てるだけで、それ以上のことをしてくれない。焦らされているのだろうか。早く刺激してほしくてたまらなかった。

「は、早く……も、もっと……」

たまらずかすれた声でおねだりする。微妙な快感だけを送りこまれて、腰が小刻みに震えていた。

「ふふっ……純也くん、かわいいなぁ」

麻里は楽しげにつぶやくと、ついに亀頭をぱっくり咥えこんだ。唇をカリ首に密着させて、キュウッとやさしく締めつける。それと同時に、亀頭をヌルヌルと舐めまわされた。

「くおおおッ」

経験したことのない快感がこみあげる。

柔らかい舌が這いまわり、張りつめた肉棒に唾液を塗りつけられていく。そこを唇でしごかれると、蕩けるような愉悦がひろがった。

(こ、これがフェラチオ……な、なんて気持ちいいんだ)

想像のはるか上を行く快感だ。

慌てて両手でシーツを握り、全身の筋肉に力をこめる。そうしなければ、瞬く間に暴発しそうだ。

奥歯を食い縛り、懸命に射精欲を抑えこむ。そうしながら首を持ちあげて、己の股間に視線を向ける。すると、愛らしい顔をした麻里がペニスを深々と頬張っていた。

「ンっ……ンっ……」

睫毛を伏せて、微かに鼻を鳴らして首を振っている。麻里はうっとりした表情で、さもうまそうにペニスをしゃぶっていた。

「ううッ、ま、麻里さん、そんなにされたら……」

呻きまじりに訴える。しかし、麻里は首振りをやめるどころか、ますます加速させてしまう。舌先で尿道口をくすぐられながら、敏感なカリ首を集中的に擦られた。

「おううッ、も、もうダメですっ」

たまらず声が大きくなる。すると、麻里がペニスを口に含んだまま、くぐもった声で語りかけてきた。

「隣に聞こえちゃうよ」

そう言われて思い出す。

薄い壁を隔てた向こうで、涼子と剛太郎がからみ合っているのだ。行為に夢中だとは思うが、大きな声は出さないほうがいいだろう。なんとなく声を聞かれるのは気まずかった。

「あふっ……はむっ……むふンっ」

麻里が再び首を振りはじめる。

唾液を乗せた舌で亀頭を舐めしゃぶり、柔らかい唇で太幹をリズミカルにしごかれる。セミロングの髪を揺らして首を振っていたと思ったら、いきなりペニスをジュルジュル吸いあげてきた。

「くおおおッ、そ、それ、す、すごいっ」

両足がつま先までピーンッと伸びる。もう、これ以上は我慢できない。次の瞬間、麻里の口内でペニスが勢いよく跳ねあがった。

「くううッ、で、出るっ、くううううううッ！」

奥歯を食い縛り、全身を仰け反らせながら精液をほとばしらせる。

女性の口のなかに射精しているのだ。背徳的な愉悦がひろがり、目の前の景色がまっ赤に染まっていく。咥えられたままのペニスが激しく脈動して、先端から大量の白濁液が噴き出した。

「ンンンンッ！」

麻里は唇を離すことなく、すべてを受けとめてくれる。純也の顔を見あげながら、粘つく粘液を一滴残らず飲みくだした。

4

「すごく濃かったよ」

ペニスをねちっこくしゃぶり、ようやく顔をあげた麻里が、微笑を浮かべてつぶやいた。

純也の脚の間で正座をして、濡れた瞳で見つめてくる。ペニスを舐めまわしたことで興奮したのか、乳首が充血して硬くなっていた。乳輪までふくらみ、ピンクが濃くなっているのが淫らだった。

「き、気持ちよかったです……」

純也は呼吸を乱しながらつぶやいた。

頭の芯まで蕩けきっている。はじめてのフェラチオで、口内射精まで経験したのだ。しかも、彼女は精液をすべて飲んでくれた。もう、なにも考えられなくなるほどの快感だった。

「まだ、こんなに元気なんだ」

麻里が指をペニスに巻きつけてくる。

そのとき、まだ勃起していることに気がついた。フェラチオで大量に射精したにもかかわらず、ペニスは勃起したままだった。

「はじめては、どんな体位がいい？」

麻里が太幹をゆるゆるしごきながら尋ねてくる。

（そうか……俺、まだ童貞なんだ）

ふと思い出した。

なにやら、おかしな気分だ。先日の京香との夢があまりにもリアルだったため、もう童貞を卒業したつもりでいた。しかし、京香は意識不明で入院しているのだから、セックスできるはずがなかった。

京香が入院したことが、よほどショックだったのだろう。

そのせいでいろいろ考えすぎて、やがて夢を現実と思いこんでしまったのかもしれない。あらためて自分が童貞であることを自覚した。

（俺、今から……）

麻里に筆おろしをしてもらう。はじめてのセックスを経験すると思うと、急に胸の鼓動が速くなった。

「やっぱり、わたしが上になるほうがいいかな。純也くんは動かないほうがいいよね」

純也が黙っていると、麻里が股間にまたがってくる。片脚をあげたとき、薄いピンク色の陰唇がはっきり見えた。二枚の花弁は大きくうねっており、大量の華蜜で濡れ光っている。

涼子と同じように女陰がビラビラしていた。かわいい顔をしているが、経験豊富なのかもしれない。それなら、こうして純也に積極的に迫ってくるのもわかる気がした。

「純也くんは、動かなくていいからね」

麻里が右手でペニスをつかみ、両膝をシーツにつけた騎乗位の体勢になる。亀頭を膣口に押し当てると、ゆっくり腰を落としはじめた。

「あっ……ああっ」

花弁を押し開いて、亀頭が少しずつはまっていく。

その様子を、純也は首を持ちあげた状態で見つめている。濡れそぼった女壺に吸いこまれていくのは、蕩けるような快感だ。

(くうッ……き、気持ちいい)

純也はとっさに尻の筋肉を引きしめる。

ペニスが女壺に埋まるほど、無数の膣襞がからみつき、射精欲が盛りあがっていく。我慢汁が大量に溢れ出して、女壺のなかにひろがった。ヌルヌル滑る感じがたまらず、全身に小刻みな震えが走り抜けた。

「入ったよ。純也くんの大きいのが……これが初体験だね」

麻里は腰を完全に落としこみ、濡れた瞳で見おろしてくる。

「は、はい……」

純也は快楽にどっぷり浸っていた。

しかし、そこに初体験の感動はない。先日の夢がリアルだったせいか、これは二度目のセックスのような気がしてならなかった。とはいえ、気持ちいいことに変わりはない。

(ううッ、す、すごいぞ……)

つい夢の記憶と比べてしまう。

京香よりも媚肉が少し硬く、そのぶん、締まりが強い。女壺が収縮すると、ペニス全体が絞りあげられていく。

「うむッ」

唸りながら全身を力ませる。あの夢を見ていなければ、この時点で射精していただろう。

しかし、あれは純也がひとりで夢想した記憶だ。しかも、童貞のときだったのに、本物のセックスの感触にそっくりだ。どうして、あれほどリアルに想像できたのだろうか。

「あっ……あぁっ……」

麻里が腰を振りはじめる。

ペニスを根元まで呑みこんだ状態での前後動だ。陰毛を擦りつけるような動きで、太幹が媚肉でこねまわされた。

「おおッ、い、いいっ」

こうして動き出すと、京香とは違う快感が湧きあがる。膣口がとくに強く締まり、太幹をミシミシと締めつけてきた。

「き、きついっ……くううッ」

「イキたかったら、我慢しなくていいんだよ」

麻里も息を乱しながら語りかけてくる。

両手を純也の胸板の置き、腰の動きを徐々に速めていく。股間をしゃくりあげるように腰を振り、男根をますます強く絞りあげた。

「き、気持ち……ううぅッ」

「あッ……あッ……」

麻里の唇から切れぎれの喘ぎ声が漏れている。彼女も感じているのか、下腹部がヒクヒク波打っていた。

「まだ、大丈夫なの？」

「な、なんとか……うむッ」

額に汗を浮かべながらつぶやくと、麻里は驚いた様子で目をまるくする。そして、さらに腰の動きを激しくした。

「くううッ」

「純也くん、すごいね……はじめてなのに」

愛蜜の量が格段に増えている。膣道全体がヒクついているのが、はっきり伝わってきた。

「はあッ、わたしも気持ちよくなってきちゃった」

張り出したカリが、膣壁にめりこんでいる。それが気持ちいいのか、麻里の反応が大きくなった。

「ああッ、あああッ、い、いいっ」

「お、俺も、もう……おおおッ、おおおおッ」

さすがにこれ以上は我慢できない。無意識のうちに麻里のくびれた腰をつかむと、真下から股間を突きあげた。

「ひあああッ、お、奥っ」

麻里が裏返った嬌声を響かせる。それと同時に膣が猛烈に収縮した。

「くおおおおッ、で、出るっ、麻里さんっ、くおおおおおおおおッ！」

一気に欲望が爆発する。快感曲線が急激に上昇して限界を突破した。ブリッジするような体勢で、ペニスを膣道の奥深くまで突き入れて、そのまま精液を放出した。

「あああッ、い、いいっ、イクッ、イクイクうううッ！」

麻里が絶叫にも似たよがり泣きを響かせて、裸体をビクビクと痙攣させる。大きな乳房を波打たせながら、エクスタシーの嵐に呑みこまれた。

さらに膣道が締まり、男根が奥へ奥へと導かれる。射精の発作が連続して起こり、白いマグマが何度も噴きあがった。結局、睾丸のなかが空になるまで射精はつづき、麻里も裸体を感電したように震わせてイキまくった。

麻里の乱れた息遣いだけが聞こえていた。

ペニスを抜くと、麻里はなかば失神したような状態で倒れこんだ。そして、そのままひと言もしゃべらずに目を閉じた。

隣の部屋は静かになっている。

先ほどまでシャワーの音と、男女の艶めかしい声が聞こえていた。だが、今は静寂がひろがっている。何度か交わって満足したらしい。すでに、剛太郎も涼子も立ち去ったようだ。

純也は隣で横たわっている麻里を見やった。

眠ってしまったのだろうか。睫毛をそっと伏せており、微かな吐息だけが聞こえていた。

（これが、俺の……）

本当に初体験なのだろうか。

純也は絶頂の余韻を嚙みしめながら、天井をぼんやり見あげた。麻里とのセックスは身も心も蕩けるような快楽だった。

京香とのセックスが現実でないのなら、これが筆おろしということになる。しかし、麻里は確実に昇りつめていた。全身を痙攣させて、あられもないよがり泣きを響かせたのだ。

いくらなんでも初体験で女性を満足させることが可能だろうか。どうしても、これがはじめてのセックスとは思えなかった。

第四章　ハーレムで流されて

1

　翌日、純也は昼前に目を覚ました。

　麻里は夜遅くに帰っていった。危ないので送ろうと思ったが、近くなので大丈夫だと言って、制止も聞かずに出ていってしまった。

　もしかしたら、純也にイカされたことが、照れくさかったのではないか。童貞を相手に、自分が達することは想定していなかったのだろう。彼女の言動をあらためて思い返すと、そんな気がした。

（でも、俺も……）

はじめてにしては余裕があった。

初体験なのに、押し寄せる射精欲を耐えつづけて、最後は股間を突きあげることまでした。

やはり、京香が本当の初体験の相手だった気がしてならない。

頭ではあり得ないことだとわかっている。なにしろ、京香は意識不明で入院しているのだ。

しかし、麻里とセックスしたことで、ますますただの夢だと思えなくなった。

膣の感触も女体の柔らかさも、多少の違いはあったが知っていた。心と体に、体験したことのある記憶として刻まれていた。こういう感覚をデジャビュというのだろうか。

(どうなってるんだ……)

いくら考えてもわからない。そのとき、腹が盛大にグゥッと鳴った。

思わず苦笑が漏れる。こんなときでも空腹は感じるらしい。考えてみれば、昨日の夜もなにも食べていない。それなのにセックスをしたのだから、腹が減るに決まっていた。

とりあえず、買い置きのインスタントラーメンを作った。

卓袱台に雑誌を置くと、その上に鍋を乗せた。具はなにも入っていないが、それでも味噌スープの香りが食欲をそそる。熱々の麺をすすり、スープまで一気に飲みほした。

「ふうっ、食った食った」

少し気分が落ち着いた。

腹が減っては戦ができぬと言うが、そのとおりだと思う。腹を満たしたら、気持ちに余裕が出てきた。

とにかく、京香の見舞いに行くつもりだ。

星野と麻里から、心配はないと聞いているが、それでも顔を見るまで安心できない。今、どういう状態なのか知りたかった。

急いで服を着替えようとして、ふと手をとめた。

(もし、京香さんの意識が戻ったら……)

いずれ意識が戻ると医者は言っていたらしい。

ということは、純也が病室にいるときに、急に目を開ける可能性もあるということだ。それなら身だしなみには気をつけなければならない。いきなり、小汚い姿を見せるわけにはいかなかった。

大急ぎでシャワーを浴びて、頭と体をガシガシ洗う。髪を乾かすと、久しぶりに整髪料をつけて整える。そして、洗い立てのまっ白なTシャツとジーパンを身に着けた。

(よし、行くか)

気合いを入れて出かけようとしたとき、呼び鈴が鳴った。

時刻は午後一時になるところだ。新聞の勧誘かなにかではないか。面倒なので無視しようと思ったが、今度はドアをノックしてくる。純也がいると確信しているようだ。

(まったく、誰だよ)

出かけようとしていたのに、タイミングが悪すぎる。

京香の見舞いという大切な用事だ。それなのに、誰かがドアをノックしつづけている。

「はいっ」

純也は苛立ちを隠せず玄関に向かうと、乱暴にドアを開け放った。

次の瞬間、思わず言葉を失ってしまう。そこに立っていたのは涼子だった。彼女は言わずと知れたミス・キャンパスだ。しかし、純也は彼女の裏の顔を知っている。中年男とドロドロの不倫をしているのだ。

そんな涼子が、なぜか突然、訪ねてきた。そして、澄ました顔で純也のことを見つめていた。

（な、なんだ？）

なにが起きているのか、まったく理解できなかった。

これまで言葉を交わしたことなど一度もない。涼子のほうは、純也の存在すら認識していないはずだ。それなのに、今はじっとこちらを見つめている。いったい、どうしたというのだろうか。

「はじめまして、佐伯涼子と言います」

涼子は自己紹介すると、丁重に頭をさげた。

クリーム色の地に小花を散らした柄のフレアスカートを穿き、ノースリーブの白いブラウスを纏っている。白いハイヒールが、ただでさえ長い脚をさらに長く見せていた。

「え、えっと……あ、あの……」

わけがわからず、しどろもどろになってしまう。

キャンパスで見かけることはあっても、遠くから眺めているだけだ。のぞき穴から見ているときは、壁があるため接近している感じではない。なにより、彼女のほうは気づいていないのだ。

でも、今は目の前に立ち、視線が重なっている。わけがわからないまま、緊張感だけが高まっていく。

「あなたが、吉岡純也くん？」

涼子が小首をかしげて尋ねてくる。

どこからどう見ても、清らかな女性だ。しかし、純也は彼女が不倫していることを知っている。剛太郎と淫らなプレイを楽しんでいるのを、あの穴から目撃しているのだ。

（あっ……）

そのとき、ふと気がついた。

京香は自分の夫が隣室で不倫をしていると言った。そして、夫の名前は剛太郎だと教えてくれた。

だが、純也の部屋を訪ねてきた京香が夢だったとしたら、その話もすべて夢のなかの出来事ということになる。剛太郎は京香の夫だと思いこんでいたが、それを証明するものはなにもなかった。

（じゃあ、あの男は……）

すべてが根底からガラガラと崩れていく気がした。

剛太郎と京香は、夫婦ではなく赤の他人ということになる。京香の夫というのも、純也が頭のなかで生み出したことではないか。

居酒屋でアルバイト中、酔っぱらい客に殴られた。その客がたまたま涼子の不倫相手だった。そのことにショックを受けて、剛太郎に嫉妬した。涼子とセックスできるのがうらやましかったのだ。

そのあと、なぜか入院しているはずの京香が現れた。

純也も京香と不倫することを夢見たのではないか。そして、京香が夫の浮気を相談してくることを想像したのかもしれない。悲しんでいる京香を、自分が慰めるストーリーを思い描いたのだろう。

その結果、隣室で涼子と不倫している剛太郎という男を、京香の夫であると思いこんだ。

（なにやってんだ……）

全身から力が抜けて、思わず座りこみそうになる。

自分の都合がいいように、勝手に考えただけだった。すべては自分の馬鹿げた妄想だったのだ。

「吉岡純也くんでいいのよね？」

再び涼子が尋ねてくる。

（これは、現実だ……よな？）

自分で自分のことが信じられなくなってしまう。純也は頬の筋肉をひきつらせながら、かろうじてうなずいた。

「お話ししたいことがあるの。少しお時間いいかしら」

口調は丁寧だが、どこか強制するような感じがある。

どうやら、都合のいい妄想ではないようだ。いやな予感が胸の奥にひろがり、頭のなかで警鐘が鳴り響いた。

「ど、どのような、ご用件でしょうか」

極度の緊張のなか、なんとか言葉を紡いだ。

「ここで言わせるつもり？」

涼子の表情が硬くなる。そして、周囲をさっと見まわすと、声のトーンを落としてつぶやいた。

「剛太郎さんとのこと、って言えばわかるかしら」

それは衝撃的な言葉だった。

自ら不倫のことを切り出すとは思いもしない。いったい、どういうつもりだろうか。

「見ていたのよね」

またしても驚きの言葉が飛び出した。

まさか、純也がのぞいていたことに気づいたのだろうか。そうだとしたら、苦情を言いに来たのかもしれない。

(いや、苦情だけならいいけど……)

純也は目を見開いたまま身動きできなくなる。

涼子ひとりで苦情を言うとは思えない。不倫相手もいるはずだ。殴られた記憶がよみがえり、恐怖がこみあげてくる。

「隣の部屋に来てもらえるかな」

「ど、どうしてですか」

「わかるでしょ、人に聞かれたくないの」

涼子の声が死刑宣告のように聞こえた。

人の気配はしないが隣室では剛太郎が待ち受けているのではないか。しかし、名前も部屋も知られているのだから逃げようがない。純也はサンダルを履き、涼子に導かれるまま隣の一〇四号室に向かった。

2

「どうぞ」

涼子にうながされて部屋にあがる。

いきなり、剛太郎に殴られるかもしれないと思うと脚が震えた。部屋には誰もいなかった。

それでも警戒して周囲を見まわした。

ベッドとカラーボックスがひとつあるだけだ。ベッドのシーツが少し乱れているのが気になった。カラーボックスには、シャワーを浴びたときに使うのかバスタオルだけが入っていた。

のぞき穴から見ていた場所に立っているのが不思議な感じだ。

窓にカーテンがかかっていなければ、空き部屋に見えただろう。しかし、よけいな物がなにもないことで、かえって生々しい感じがしてくる。ここはまぎれもなく、セックスするための部屋だった。

(ここで、涼子さんは……)

のぞき見たシーンが脳裏で再生される。

後ろ手に縛られた涼子がペニスをしゃぶる姿や、シックスナインで互いの性器をなめ合う姿、さらにはバックから男根を突きこまれて喘ぐ姿。それらは夢ではなく、この目で確かに見た光景だった。

「座りましょう」

涼子が穏やかな声で語りかけてくる。純也は緊張しながら、彼女と並んでベッドに座った。

思いのほか距離が近い。今にも肩が触れそうだが、座り直して離れるのもおかしい気がする。ますます緊張が高まり、純也は全身が凍りついたように固まっていた。

「あそこを見て」

涼子が腕をすっと前方に伸ばす。そして、ほっそりした指で壁を示した。

「穴が開いてるの」

これまでと変わらない穏やかな声だった。

白い壁紙が貼られたなかに、小さな黒い点がある。それは、例の穴に間違いなかった。

「知ってるのよ。キミ、あそこからのぞいていたでしょう」

感情を押し殺したように淡々とした口調になっている。

涼子の考えていることはわからない。だが、とにかくのぞきがバレていた。実際、穴が開いているのだから、言い逃れするのはむずかしいだろう。

(き、気づかれてたんだ……)

純也はなにも言えず、顔から血の気がひいていくのを感じていた。

いったい、涼子はどうするつもりだろうか。彼女が不倫をしていたのは事実だが、のぞきも許されない行為だ。

(あ、謝るしかない……)

とにかく、少しでも自分の罪を軽くしたい。今は涼子ひとりだが、いつ剛太郎が現れるかわからなかった。

「す、すみま——」

震える声で謝罪しようとしたとき、涼子が語りかけてきた。

「わたし、早くに父を亡くしてるの」

まったく予想外の言葉だった。

「交通事故に遭ったって聞いてるわ。わたしは小さかったから、顔も覚えていないの。写真は見たことあるけどね」

しんみりした口調になっている。純也はとまどいながらも、黙って涼子の話を聞いていた。

母親は再婚せず、女手ひとつで涼子を育てたという。彼女の口調から、母親への感謝が伝わってきた。

「でも、お父さんがいる友達がうらやましかった。お父さんって、どんな感じだろうって、ずっと想像していたの」

涼子はうつむき加減に話している。なにやら、深刻な雰囲気になっていた。

「そのせいかな。気がついたときには、年上の男性に惹かれるようになっていたわ。昔から同級生にはまったく興味が湧かなかった。むしろ、みんなが嫌うような中年の先生が気になった」

もしかしたら、父親を知らないことでファザコンぎみなのかもしれない。

そういうことなら、中年男に惹かれる気持ちもわかる気がした。大学でも浮いた話を聞かなかったのは、同年代の男に興味がないからだ。きっと彼女は父性を求めているのだろう。

「いけないことだって、わかってる。剛太郎さんには奥さんもいるし……」

その言葉で思い出す。はじめてのぞいたとき、涼子は剛太郎の妻のことを気にしていた。

――本当にいいんですか。今は奥さんが……。

――あいつのことなら大丈夫だ。

確か、そんなやり取りがあったはずだ。

涼子は不倫が悪いことだとわかっている。剛太郎の妻が傷つくことを気にしているのだ。それなのに、やめられないらしい。剛太郎に父親の姿を重ねているのだろう。そんな涼子がだんだん気の毒に覚えてきた。

しかし、剛太郎のほうは、まったくお構いなしといった感じだった。もしかしたら、夫婦関係が冷めているのかもしれない。若くて美しい涼子とのセックスを心から楽しんでいた。

涼子が父性を求めてしまう気持ちは、なんとなく理解できる。だが、あの男はやめたほうがいいと思う。涼子の気持ちを利用して、瑞々しい女体を貪っているだけだ。

「奥さんには悪いと思ってるの。長くつづく関係じゃないっていうのもわかってる……でも、もう少しだけ、剛太郎さんといっしょにいたいの」

涼子は神妙な顔になっていた。

「いずれ、ちゃんと別れるから……今は黙っていてほしいの」

切実な声だった。

いけないことだとわかっているが、不倫相手といっしょにいたい。そんな彼女の気持ちが伝わってきた。

(もし、俺だったら……)

ふと京香の顔が脳裏に浮かんだ。

自分が京香と不倫関係に陥ったら、涼子と同じことを考えるのではないか。いけないとわかっていても、いっしょにいたいと願うのではないか。きっと、つらい恋に違いない。それでも、心の底から求めてしまう。

「涼子さん……」

なにか声をかけてあげたい。だが、なにを言えばいいのかわからなかった。

「あの男の人と、どこで出会ったんですか?」

頭に思い浮かんだことを口にする。

つまらないことを尋ねてしまったと思ったが、意外にも涼子は口もとに笑みを浮かべた。

「横断歩道を歩いていたら、信号無視をした車が走ってきたの。わたしが轢《ひ》かれそうになって、剛太郎さんが助けてくれたのよ」

出会いは偶然だったという。

剛太郎は涼子を抱きかかえて、路上を転がったらしい。あの粗暴な男が、身を挺して見ず知らずの女性を助けたことになる。自分勝手な男だが、そんな一面もあるとは驚きだった。

「父が交通事故で亡くなっているので、運命を感じたわ。お父さんが助けてくれたんだって。でも、剛太郎さんには奥さんがいたの」

涼子はそう言って、睫毛をそっと伏せた。

助けてもらったお礼に、喫茶店でお茶をご馳走したという。そのときに話をして、男が既婚者だとわかった。

「でも、惹かれてしまったんですね」

純也は思わず口を挟んだ。

脳裏には京香の顔が浮かんでいる。はじめて居酒屋で見かけたときのことを思い出していた。彼女の左手薬指にはリングがはまっていたが、それでも、どうしようもなく惹かれてしまった。

「そうなの。それでね、黙っていてくれたら――」

涼子がなにか言いかけたとき、呼び鈴の音が響いた。

「ごめんね。ちょっと待ってて」

玄関に向かう涼子の背中を見て、いやな予感がこみあげる。

(まさか、あのおっさんじゃないよな)

剛太郎だとしたら、修羅場になるのではないか。

今のうちに逃げたほうがいいだろうか。ここは一階なので、窓から飛び出しても怪我をすることはない。そんなことを考えているうちに、涼子が戻ってきてしまった。

(や、やばいっ……)

焦る純也だが、涼子の後ろに立っているのは剛太郎ではない。

「純也くんっ」

なぜかそこにいるのは麻里だった。

いたずらっぽい笑みを浮かべて手を振っている。部屋の重い空気とは正反対の明るい笑顔だ。黒のミニスカートにタンクトップという格好で、剝き出しの生脚と白い肩がまぶしかった。

「ど、どうして、麻里さんが……」

純也は目を見開いてつぶやいた。

なにが起きているのかわからない。すると、麻里は唇をとがらせて涼子に語りかけた。

「ちょっと、まだ話してないの?」

仲がいいと言っていたが、確かに砕けた口調だ。

「う、うん……タイミングが……」

涼子が困惑してつぶやく。そして、なにやら麻里に目配せした。

純也だけが、状況を理解していない。ふたりはベッドに歩み寄ると、腰かけている純也の前に立った。

「穴のことを涼子に教えたのは、わたしなの」

麻里があっさり告白する。昨夜、知ったばかりなのに、すぐ涼子に報告したらしい。それで涼子が純也の名前を知っていたことも合点がいく。

「ど、どうして、言っちゃったんですか」

思わず抗議するが、麻里はニコニコ笑っている。

「だって、友達だもん。黙ってられないでしょ」

「そんな……」

「情けない顔しないの。その代わり、不倫のことを秘密にしてくれたら、涼子がいいことしてくれるって」

麻里がそう言うと、隣に立っている涼子がまっ赤になった。

(いいことって……なんだ?)

期待が芽吹き、急速に育っていく。つい卑猥なことを想像してしまうが、なにをしてくれるのだろうか。

「涼子、これまでつき合った人、みんな四十代なんだって」

麻里の口から驚愕の事実が語られる。

ミス・キャンパスは筋金入りのファザコンらしい。初体験の相手も歴代の彼氏も、おじさまだというから驚きだ。

「でも、この機会に同年代の男の子と体験してみてもいいって。純也くん、どうする?」

信じられない提案だった。

純也はうなずくこともできずに固まっていた。だが、言うまでもなく答えは決まっていた。

3

ベッドに腰かけた純也の前で、夢のような光景が展開されていた。

学園のマドンナ、誰もが憧れるミス・キャンパスの涼子が、ブラウスのボタンを上から順に外していく。やがて前がはらりと開き、淡いピンクのブラジャーが現れた。

「不倫のこと、誰にも言わないって約束してくれる?」

涼子が不安げな瞳を向けてくる。

視線が重なり、純也は慌ててカクカクとうなずいた。このチャンスを逃す手はない。涼子も若い男と体験したいと思っている。彼女も乗り気なら、断る理由はなかった。

涼子はブラウスを脱ぐと、フレアスカートもゆっくりおろす。すると、ブラジャーとおそろいの淡いピンクのパンティが見えてきた。

スカートを取り去り、スラリとした女体に纏っているのは、ブラジャーとパンティだけになる。涼子が整った顔を赤らめて恥じらう姿に、純也の股間は早くも反応した。

（あの涼子さんが……）

思わず生唾を呑みこんだ。

ペニスが硬くなり、ジーパンの硬い生地を内側から押しあげている。先走り液が溢れ出し、ボクサーブリーフに染みこんでいくのがわかった。

すると、涼子の隣に立っていた麻里も、タンクトップを脱ぎはじめる。ラベンダー色のブラジャーに包まれた胸もとが露になった。

「ちょ、ちょっと、なにしてるの？」

純也は思わず声をあげた。

「服を脱いでるんでしょ」

麻里はそう言いながら、ミニスカートもおろしてつま先から抜き取った。

股間に張りついているのは、ラベンダー色のパンティだ。自ら下着姿になったのに、麻里は恥ずかしげに頬を染めあげた。

涼子と並んでも見劣りしない素晴らしいスタイルだ。乳房は大きく、腰はくびれて、尻はむっちり張り出していた。

「あ、あの……」

純也は動揺を隠せず、ふたりの身体を交互に見やった。

「わたしが麻里に頼んだの。いっしょのほうが緊張しないと思って……」

涼子が消え入りそうな声でつぶやいた。

「そ、そうだったんですか？」

「麻里はもう、寝たって聞いたから」

純也は思わず絶句してしまう。

いったい、どこまで話したのだろうか。この様子だと、純也が童貞だったことまでバラしたに違いない。

「若い男の子がはじめてだから怖いみたい。やさしくしてあげてね」

麻里の言葉には、からかうような響きが含まれている。

昨夜、純也は興奮してペニスを思いきり突きこんだ。その結果、麻里は絶頂に昇りつめたのだが、そのことを言っているのだろう。

「わたしは、すごく興奮したけどね」

麻里がつけ加えて瞳を潤ませる。

もしかしたら、涼子が頼まなくても参加しようと思っていたのではないか。麻里の欲情した顔を見ていたら、そんな気がしてならなかった。

「じゃあ、はじめようか」

「麻里、お願いね」

ふたりは視線を交わすと、同時にブラジャーのホックをはずした。カップを押しのけて、瑞々しい乳房が溢れ出す。どちらもたっぷりと張りがあり、サイズは甲乙つけがたい。乳首の色は麻里のほうが少しだけ鮮やかだ。乳輪は涼子のほうがわずかに大きいのが卑猥だった。

さらに、ふたりの指がパンティにかかる。

しきりに照れているが、結局は息を合わせておろしていく。麻里の陰毛は一本一本が細いため、恥丘と縦溝が透けて見えている。涼子の陰毛は黒々としており、逆三角形に整えられていた。

愛らしい顔立ちの麻里と、清らかな雰囲気の涼子が、生まれたままの姿で立っている。乳房も股間も剝き出しにして、熱い眼差しを送ってくるのだ。まさに夢のような光景だった。

「純也くんも脱いで」

先に迫ってきたのは麻里だ。純也の隣に腰かけると、Tシャツをまくりあげていく。

「じゃあ、わたしはこっちね」

涼子は目の前にしゃがみこみ、ジーパンのボタンをはずして、ファスナーに指をかけてきた。

（こ、こんなことが……）

女性ふたりがかりで、服を脱がされているのだ。

こんな場面は妄想すらしたことがない。しかし、これはまぎれもなく現実に起きていることだ。

すでにTシャツを脱がされており、ジーパンもおろされようとしていた。

「ジュンくん、お尻をあげて」

涼子が声をかけてくる。いきなり「ジュンくん」と呼ばれて、恥ずかしさに顔が熱くなった。

言われるまま尻をあげると、ジーパンとボクサーブリーフがずらされる。とたんに勃起したペニスがブルンッと跳ねあがった。先端は我慢汁にまみれて濡れ光っていた。

「ああっ……きれい」

目の前にひざまずいている涼子が、意外な言葉を口走った。

彼女の瞳は、まっすぐペニスに向けられている。亀頭は新鮮なプラムのように張りつめており、竿は青すじを浮かべるほど硬直していた。普段は皮をかぶっているため、先端はうっすらとしたピンク色だ。

仮性包茎は恥ずかしいが、涼子はきれいだと言ってくれた。中年男としか経験がないので、若いペニスを見るのは、これがはじめてなのかもしれない。照れくさいが、同時に少し浮かれていた。

「それに、この香り……」

涼子は太腿のつけ根に両手を置くと、ペニスに顔を寄せてくる。そして、大きく息を吸いこんだ。

「ああんっ……全然、違うわ」

我慢汁が溢れているため、強烈なホルモン臭が漂っているはずだ。それなのに、涼子はうっとりした顔でつぶやいた。

「涼子、好きにしていいんだよ。そのオチ×チン、舐めてみたいと思ってるんでしょ」

麻里が声をかける。

「そんな勝手なこと――ううッ」

純也の抗議の声は、途中から呻き声に変わってしまう。涼子はピンク色の舌を伸ばして、亀頭をそっと舐めあげたのだ。

(あ、あの涼子さんが……)

信じられないことが起きていた。

軽い刺激だが、この異常な状況が興奮を高めている。ひと舐めされただけで快感がひろがり、ペニスがビクッと反応した。

「あンっ、すごい」

涼子は小声でつぶやくと、我慢汁を舐め取るように舌を這わせてくる。柔らかい舌の感触がたまらず、腰が小刻みに震えてしまう。ペニスの先端からは、新たに透明な汁が溢れ出していた。

「お汁がこんなに……はあンンっ」

涼子は夢中になってペニスを舐めている。亀頭の裏側から正面、さらには張り出したカリの下にも舌先を潜りこませてきた。

「ううッ、そ、そんなところまで……」

純也が呻くと、今度は麻里が乳首に舌を這わせてくる。チロチロとくすぐっては、唇を密着させて吸いあげた。

「ちょ、ちょっと、うむッ」

「乳首、勃ってきたよ。ここも感じるでしょ？」

よく動く舌先で、左右の乳首を交互に舐めてくる。充血して硬くなると、不意を突くように前歯で甘噛みされた。

「くううッ」

痛痒い刺激がひろがり、連動してペニスがヒクヒク反応する。すると、亀頭を舐めていた涼子が、ついにぱっくり咥えこんできた。

「もう、我慢できない……あむううっ」

「おうううッ」

たまらず快楽の呻き声が溢れ出す。

柔らかい唇がカリ首に密着したと思ったら、すぐに肉棒を呑みこんでいく。我慢汁と唾液を塗り伸ばしながら、ヌルリッ、ヌルリッとスローペースで味わうようにしゃぶられた。

「き、気持ちいい……くううッ」

「ふふっ、涼子ったら、夢中になっておしゃぶりしちゃって……若い子のオチ×チンもいいでしょ」

麻里が声をかけるが、もう涼子の耳には入っていないらしい。純也の股間に顔を埋めて、湿った音を響かせながら首をゆったり振っていた。

「あむっ……はふっ……あふンンっ」

甘い声を漏らしつつ、太幹の表面を唇でしごきあげる。同時に舌も使って、亀頭をヌメヌメと舐めまわしていた。カウパー汁が次から次へと溢れ出すが、涼子は躊躇することなく飲みくだしていく。

それと並行して、麻里も乳首を舐めまわしている。すでに充血して敏感になったところを、執拗に吸いあげては甘噛みするのだ。かと思えば、いきなり唇を奪われて、甘い唾液を口移しされた。

(ま、麻里さんの唾……なんてうまいんだ)

頭の芯がジーンと痺れてくる。

ふたりがかりの愛撫で、純也の性感は瞬く間に高まった。麻里にいじられている乳首は硬く充血して、涼子に咥えられているペニスはかつてないほど勃起している。それなのに、ふたりは愛撫をやめようとしなかった。

「も、もうっ、ううウッ、もうダメですっ」

全身を力ませて懸命に訴える。

すでに暴発寸前まで欲望が高まっているのだ。これ以上、つづけられたら耐えられない。今にも精液が噴きあげそうになっていた。

「じゃあ、今度はわたしたちが気持ちよくしてもらおうか。ね、涼子」

麻里が声をかけると、涼子はようやくペニスから口を離す。そして、しっとり濡れた瞳で、純也の顔を見あげてきた。

「ジュンくんのオチ×チン、すごくおいしかったわ」

涼子の唇からそんな台詞が出るとは思いもしない。どこか呆けたような顔になり、くびれた腰をくねらせていた。

麻里と涼子はベッドにあがり、並んで仰向けになる。そして、ふたりとも膝を立てると、恥じらいながらも左右にゆっくり開いていく。

「純也くん……こっちに来て」

「ああっ、ジュンくん」

ふたりに呼ばれて、純也は彼女たちの足もとにまわりこむ。すると、眼下には絶景がひろがっていた。

右側にいるのは麻里だ。大きく開かれた脚の中心部に、薄いピンクの陰唇が見えている。ウネウネした花弁は、華蜜でぐっしょり濡れていた。純也を愛撫したことで興奮したに違いない。

左側の涼子も膝を大きく開いている。白い太腿のつけ根にあるのは、サーモンピンクの女陰だ。やはり愛蜜で濡れているのは、ペニスを咥えたことで昂ったからだろう。

こうして比べてみると、涼子のほうが色がより鮮やかで、花弁が卑猥に伸びている。それだけ男に愛撫されてきたのではないか。きっと中年男が舐めまくったのだろう。

「お、俺……どうすれば……」

純也がとまどっていると、麻里が両手を自分の内腿のつけ根にあてがった。

「お口で……お願い」

そう言って、陰唇をぱっくり開いていく。ピンクの媚肉が露になり、透明な華蜜がトロトロと流れ出した。

(ま、麻里さんの……オ、オマ×コを……)

心のなかでつぶやくだけで、興奮で頭のなかが熱くなる。純也は前かがみになると、麻里の股間に顔を埋めた。

「ああッ、純也くんっ」

「おむううッ」

口が触れた瞬間、女陰が柔らかくひしゃげる。本能のままに吸いあげると、とろみにある華蜜が口内に流れこんできた。それと同時に、チーズに似た香りが鼻に抜けていく。

(こ、これが、麻里さんの……)

かつてないほど興奮している。クンニリングスのやり方などわからない。それでも、とにかく舌を伸ばして陰唇を舐めあげた。

「あンっ、もっとやさしく」

「こ、こうですか?」

懸命に興奮を抑えて、そっと舌を這わせてみる。すると、明らかに麻里の反応が変化した。

「そ、そう、いいよ……あああッ」

かわいい声で喘いでくれるから、ますます愛撫に熱が入る。女陰を執拗に舐めあげては、とがらせた舌を膣口に埋めこんだ。

「ねえ、ジュンくん……わたしも……」

待ちきれないといった感じで、涼子が声をかけてくる。

純也は麻里の股間から顔をあげると、涼子の脚の間に移動した。そして、躊躇することなく、女陰にむしゃぶりついていく。

「はあああッ」

とたんに涼子の裸体がピクッと反応して、喘ぎ声が響き渡った。

(涼子さんが感じてる……俺の愛撫で感じてるんだ)

感動と興奮が押し寄せる。純也は勢いのまま女陰を舐めまわして、愛蜜をジュルジュルとすすりあげた。

「そ、そんなに吸われたら……あああッ」

またしても涼子が喘ぎ声を響かせる。

愛蜜は麻里と異なり、さらりとしている。香りもチーズではなく、磯を思わせるものだった。

同年代の女性でも、これほど違うとは驚きだ。しかし、今は細かく比べている余裕はない。とにかく、涼子の愛蜜をすすり飲んで味わいたい。そして、自分の愛撫でもっと感じさせたかった。

麻里に教えてもらったのを思い出し、女陰をそっと舐めあげる。すると、内腿に小刻みな震えが走った。

(やっぱり、やさしいほうが感じるんだ)

それならばと、舌先が触れるか触れないかの微妙なタッチで愛撫してみる。とたんに喘ぎ声が大きくなり、愛蜜がどっと溢れ出した。

「ああッ、ジュンくんっ」

涼子は確実に反応して、両手を純也の後頭部にまわしてくる。そして、強く引き寄せながら、股間をしゃくりはじめた。

「うむッ」

口と鼻が女陰に押しつけられて息苦しくなる。それでも、純也は本能のままに女陰をしゃぶりつづけた。

「ああンっ、い、いいっ」

涼子の腰の動きがさらに激しくなる。その結果、淫裂の上端にある小さな突起に舌先が触れた。

「はあああンっ、そ、そこっ」

いっそう大きな喘ぎ声が響き渡った。

どうやら、舌が捉えたのはクリトリスらしい。涼子の反応に気をよくして、執拗に舌を這わせつづけた。

(そんなに気持ちいいんだ……)

柔らかかった突起が、瞬く間に硬くなる。そこに唾液を塗りつけて舌先で転がせば、涼子の腰がブルブル震え出す。

「あッ、ああッ、い、いいっ、はあああああああッ!」

股間を跳ねあげたかと思うと、透明な汁が股間からプシャアアッと勢いよく噴出する。純也は汁を顔面で受けても口を離さず、勃起したクリトリスを吸いつづけた。

「ひああッ、も、もうダメっ、ひあああッ」

涼子は裏返った声を漏らして、全身を痙攣させる。それと同時に、柔らかい内腿で純也の顔を挟みつけた。

潮を噴きながら軽い絶頂に昇りつめたらしい。

そのあとも、執拗なクンニリングスでしばらくヒイヒイ喘いでいたが、ふいに女体から力が抜けてぐったりした。

(や、やった……涼子さんをイカせたんだ)

純也は口をクリトリスから離すと、濡れた顔を手で拭った。

四肢をシーツに投げ出している涼子を見おろして、達成感を嚙みしめる。絶頂に導いたことで、胸の奥に自信がひろがっていた。

4

「もう、涼子ばっかり……」

麻里が拗ねたようにつぶやき、濡れた視線を向けてくる。

隣で仰向けになったまま、立てた膝を大きく左右に開いていた。剝き出しの女陰から愛蜜が溢れて、尻穴のほうへと流れている。友達の喘ぎ声が刺激になったのか、準備は完璧に整っていた。

「ねえ、挿れて……我慢できないよ」

かわいい顔をした麻里におねだりされて、欲望が一気に燃えあがった。

「い、いきますよ」

興奮しているのは純也も同じだ。すぐに正常位の体勢で覆いかぶさった。

はじめての体位だが、不安よりも興奮のほうが勝っている。亀頭を淫裂にあてがうと、上下に動かして膣口を探った。すると、とくに柔らかい部分があり、先端が数ミリ沈みこんだ。

「そ、そこ……」

麻里がかすれた声で教えてくれる。見あげてくる瞳は、期待でいっそう潤んでいた。

「こ、ここですか」

腰を恐るおそる押し進める。とたんに湿った音が聞こえて、亀頭が女陰の狭間に吸いこまれた。

「くおッ、は、入った……」

膣口がキュウッと締まり、カリ首を圧迫してくる。それが気持ちよくて、思わず呻き声が溢れ出した。

「ああッ、も、もっと奥まで……」

麻里が喘ぎながら、純也の腰に両手を添えてくる。引き寄せられるのにまかせて、ペニスをさらに埋めこんだ。

「あンンンッ、やっぱり大きい」

「す、すごく熱いです……麻里さんのなか……」

ふたりの股間はぴったり密着している。肉柱が根元まで埋まり、熱い媚肉がからみついていた。

「純也くんのオチ×チン、すごくいいよ」

麻里がうっとりした顔で語りかけてくる。

「あとで、涼子にも挿れてあげてね」

そう言われても、この快楽に耐え抜く自信がない。すでに射精欲が芽生えており、下腹部の奥でくすぶっていた。

「む、無理です……」

首を左右に振ると、麻里に抱き寄せられて上半身を密着させる。胸板で圧迫された乳房が、柔らかくひしゃげるのがわかった。

「不倫をやめさせたいの。若い男の子もいいって、教えてあげたいの。だから、がんばって」

麻里が耳打ちしてくる。

不倫から抜け出せずにいる涼子を助けたいらしい。もしかしたら、最初からそのつもりで、のぞき穴のことを涼子に話したのではないか。そういうことなら、なんとか耐えるしかなかった。

（まずは、麻里さんを……）

純也は気合いを入れると、腰をゆっくり振りはじめる。

ペニスをじわじわ後退させては、再び根元まで押しこんでいく。カリが膣壁に引っかかり、えぐるような感触が伝わってきた。

「あァッ、す、すごい……ゆっくりでも気持ちいい」

麻里が喘ぎながら腰をよじる。すると、さらにカリが膣壁にめりこみ、女壺全体がうねりはじめた。

「うむッ……し、締めないでください」

快感がひろがり、射精欲がふくれあがる。だが、まだ欲望を吐き出すわけにはいかない。隣で横たわっている涼子も満足させなければいけないのだ。

（そんなこと、俺にできるのか？）

自分には荷が重すぎる。しかし、かかわってしまった以上、今さらあとには引けなかった。

「ゆっくりでいいから……お願い」

麻里が懇願してくる。

純也は尻の筋肉に力をこめて射精欲を抑えながら、スローペースで腰を振りつづけた。膣壁を擦りあげては、亀頭の先端で膣の奥を圧迫する。それをくり返すと、麻里の反応が大きくなった。

「あぁッ……あああッ」

腰振るほどに喘ぎ声が艶を帯びていく。感じているのは間違いない。膣道のうねりも激しさを増していた。

「ううッ、し、締まってます」

「だ、だって、気持ちよすぎるから……はああッ」

麻里が両手を尻たぶにまわしこんでくる。そして、膣奥への挿入を求めるように、抽送に合わせて力強く引き寄せた。

「あうッ、い、いいっ、あううッ」

「おおおッ、ま、麻里さんっ」

熱い媚肉で締めあげられるのがたまらない。思わず唸るが、麻里はそれ以上に大きな声で喘いでいた。

「あああッ、はあああッ、も、もうっ」

かなり昂っているのは、膣のうねりからも明らかだ。

愛蜜の量も増えているため、ペニスを突きこむたびに、太幹と膣口の隙間から泡立った汁が溢れ出す。しかも最深部を亀頭で圧迫すれば、女体がのけぞってさらに締まりが強くなった。

「お、奥、グリグリして……」

「こうですか……ふンンっ」

ペニスをできるだけ深く埋めこみ、そのまま腰をこねまわす。すると、麻里の腰に強い震えがひろがった。

「はううぅッ、い、いいっ、それ、いいっ」

「くおおおおッ」

射精欲を懸命にこらえて、膣のなかを刺激する。猛烈に締まるが、理性の力を総動員して耐え抜いた。

「イ、イキそうっ、あああッ、イクッ、イクイクッ、はあああああッ!」

ついに麻里の唇からアクメの声がほとばしる。

純也の体にしがみつき、首すじに顔を埋めながら絶叫した。背中を反らして股間を突き出し、ペニスを思いきり絞りあげた。

「ぬううぅッ」

純也は奥歯が砕けそうなほど強く嚙み、なんとか射精欲をやり過ごす。我慢汁が大量に溢れているが、ギリギリのところで決壊を防いだ。
慎重にペニスを引き抜くと、カリでかき出された愛蜜が溢れ出す。泡立ってお
り、粘りが強くなっているのが卑猥だった。
(あ、危なかった……)
額に汗がじんわり滲んでいた。
射精寸前まで粘ったことで、ペニスは青筋を浮かべて屹立している。亀頭は破
裂するのではと思うぐらい張りつめて、尿道口から大量の我慢汁が流れていた。
麻里はぐったり横たわっている。裸体は汗ばみ、焦点の合わない虚ろな瞳を宙
に向けていた。半開きになった唇の端から、透明な涎が溢れている。もう、言葉
を発する気力もないようだ。
(よ、よし、次は……)
隣に視線を向けると、涼子が濡れた瞳で見あげていた。
「昨日がはじめてだって聞いてたけど、本当?」
「は、はい……」
なんとかうなずくが、いまだに昨日がはじめてだとは思えない。京香が初体験
の相手のような気がしてならなかった。

「すごいね。麻里、失神してるんじゃない？」

さすがにそれはないと思うが、麻里が呆けているのは確かだ。射精しないように必死になっていたら、気づくとこんな状態になっていた。自分でも驚きの結果だった。

「ジュンくんって、エッチの才能があるのかもしれないわ」

涼子はそう言いながら、うつ伏せになる。そして、四つん這いになり、尻を高く持ちあげた。

（おおっ……）

純也は思わず腹のなかで唸った。

白桃のようにまるまるとした双臀が、目の前に迫っている。膝をついて突き出しているため、肉づきのいい尻たぶのボリュームが強調されていた。

「後ろから挿れてほしいの……」

涼子が頰を桜色に染めて振り返る。背中を反らして尻をさらに突き出すと、誘うようにゆらゆら揺らした。

「で、でも……やったことないから……」

そう言いつつ、彼女の背後に移動する。両手を尻たぶにあてがうと、ほとんど無意識のうちに撫でまわした。

(ああっ、なんて気持ちいいんだ)

染みひとつない尻はなめらかで、まるでシルクのような肌触りだ。

柔肌に指をめりこませると、臀裂を左右に割り開く。サーモンピンクの女陰はぐっしょり濡れており、ヌラヌラと妖しい光を放っていた。

「教えてあげるから……先っぽを当てて」

涼子の言葉に従って、ペニスの先端を淫裂に押し当てる。すると、彼女が股の間から右手を伸ばしてきた。

「りょ、涼子さん?」

「入口を教えてあげる……ンンっ」

指先で太幹をつかみ、亀頭を女陰に擦りつける。

縦に走る割れ目にそって上下に動かすと、新たな華蜜が溢れ出す。さらに滑りがよくなり、たまらない感触がひろがっていく。

「ううっ……」

無意識のうちに股間を突き出してしまう。しかし、亀頭は陰唇の表面を滑るだけで挿入できない。

「あンっ、まだダメよ」

涼子は再び太幹をつかむと、亀頭と女陰をなじませるように、じっくり擦りつける。やがて愛蜜と我慢汁がまざり合い、湿った音が大きくなっていく。

「ううっ、そ、そろそろ……」

もう我慢できないと思ったとき、ようやく先端が柔らかい部分に導かれた。

「ここよ。ゆっくり来て」

涼子の許可がおりると、純也は腰をつかんで股間を突き出していく。亀頭が泥濘にヌプリッと沈み、すぐに熱い媚肉がまつわりついてきた。

「おおおッ！」

「ああッ、お、大きいっ」

純也の呻き声に涼子の喘ぎ声が重なった。

ゆっくり来てと言われたが、そんな余裕はない。麻里の膣のなかで、限界近くまで耐え抜いたのだ。もう、射精したくて仕方がない。これ以上、我慢できるはずがなかった。

「す、すみませんっ」

彼女のくびれた腰をつかむと、一気に根元までペニスを突きこんだ。

「はああッ」

涼子の背中が弓なりに仰け反った。肉柱で貫かれた衝撃で頭が跳ねあがり、艶やかな黒髪が宙を舞う。それと同時に膣道が収縮して、ペニスを思いきり絞りあげてきた。

「くおおッ、こ、これは……」

先ほどの麻里より、さらに強い締めつけだ。思わず顔をしかめるが、それでも欲望のまま腰を振りはじめる。

「ま、待って、そんな急に……あああッ」

涼子がとまどいの声を漏らすが、純也は聞く耳を持たない。ピストンを継続して、女壺のなかをかきまわした。

「はああッ、せ、せめて、ゆっくり……」

「もう、とめられないんです」

ペニスを抜き差ししながら、涼子の反応を疑問に思う。

剛太郎とは何度もセックスしているようだし、つき合った男性はほかにもいるらしい。経験豊富な彼女が、なにをとまどっているのだろうか。

「俺、そんなに下手ですか？」

「ううん、ち、違うの……ジュンくんの大きいから……」

涼子が切れぎれの声でつぶやいた。

てっきり自分のピストンが拙いせいだと思ったが、そうではないらしい。確かにカリが膣壁にめりこんでいる。ペニスをスライドさせると、媚肉をえぐる感触が伝わってきた。

「な、なかがゴリゴリって……あううッ」

涼子は高く掲げた尻を、ぶるるっと震わせる。両手でシーツを強くつかみ、艶めかしい喘ぎ声を振りまいた。

「ああッ……ああッ……こ、こんなに激しいの、はじめてなの」

意外な言葉だった。涼子ほどの女性が相手なら、誰だって興奮するはずだ。おとなしい男とばかりつき合ってきたのだろうか。

「もっと激しい人だって、いたんじゃないですか」

「わ、若い人は、はじめてだから……」

そう言われて納得する。

――若い男の子もいいって、教えてあげたいの。

麻里の言葉を思い出す。

ファザコンの涼子は中年男性としかつき合ったことがない。不倫をくり返す友達を助けるため、麻里は純也とセックスさせることを考えたのだろう。

（そういうことなら……）

遠慮する必要はない。若さを誇示するような激しいピストンで、もっと感じさせるだけだ。

「涼子さんっ……おおおッ」

いきり勃ったペニスを膣の深い場所まで打ちこんでいく。腰の動きを速めることで、彼女の尻たぶが乾いた音を響かせた。

「ああッ、激しいっ、あああッ」

涼子が喘ぎ声を振りまき、両手でシーツをかきむしる。抗議するような口調になっているが、華蜜の分泌量は増える一方だ。自らヒップを押しつけて、より深い場所までペニスを迎え入れていく。

「ううッ、先っぽが奥に届いてますよ」

亀頭の先端が、膣道の行きどまりにぶつかっている。腰を打ちつけて、最深部をコツコツとノックした。

「ひいッ、お、奥っ……あひいッ」

涼子が裏返った嬌声をあげる。これまでにない快感にとまどっているのか、首を左右に振りたくりながらも感じていた。

「お、俺も、気持ちいいです……ううぅッ」

純也も快楽の呻きを漏らしながらペニスを出し入れする。抽送速度をどんどん速めて、手加減することなく媚肉をえぐりまくった。

「あああッ、も、もうダメっ、おかしくなっちゃうっ」

「りょ、涼子さんっ、おおおおおッ」

獣のポーズで涼子が喘げば、欲望を煽られて純也は全力で腰を振る。ペニスを深い場所まで送りこみ、敏感な媚肉をかきまわした。

「ああッ、も、もうイキそうっ、あああッ、イクッ、イッちゃううううッ！」

ついに涼子が汗ばんだ背中を反らして、絶頂へと昇りつめていく。膣が猛烈に締まり、たまらず純也も欲望を解き放った。

「おおおおッ、で、出るっ、おおおッ、ぬおおおおおおおおッ！」

野獣のように吠えながら、涼子の背中に覆いかぶさる。両手をまわしこんで乳房を揉みあげると、ますます快感が大きくなった。我慢してきたぶん、射精の勢いは強烈だ。膣の最深部に大量の白濁液を注ぎこんでいく。

頭のなかがまっ白になるほどの快楽だった。ふたり同時に達することで、なおさら悦びが大きくなった気がした。

三人は裸のままベッドに横たわっていた。

純也が真ん中で、右側には涼子が、左側には麻里が仰向けになっている。濃厚に漂っていた絶頂の余韻が、ようやく薄まってきたところだ。

「いつまでつづけるんですか。不倫……」

純也は静かに口を開いた。

それは涼子に向けた言葉だ。麻里にも聞こえているが、すべてを知っているのだから別に構わないだろう。

「いけないことだってわかってるけど……とくに今は、剛太郎さんの奥さんが入院しているし……」

涼子はためらいながらも答えてくれる。

「ご病気ですか？」

なんとなく気になった。

入院と聞いて、すぐに京香の顔が脳裏に浮かんだ。本当は今ごろ、見舞いに行っているはずだった。

「お仕事中に転んで、頭を打ったらしいの」

涼子の言葉が心に引っかかる。

京香も居酒屋で働いている最中に転倒して、頭を打ったのだ。他人事とは思えなかった。

「怪我、ひどいんですか」

「意識不明だって……」

聞けば聞くほど、状況が似ていた。

単なる偶然かもしれないが、聞き流すことはできない。気づくと胸の鼓動が速くなっていた。

「奥さんのお仕事って、なんですか？」

「確か、居酒屋でアルバイトをしてるとか」

今のところ、すべてが一致している。こんな偶然があるだろうか。

気持ちを落ち着かせようとして息を小さく吐き出すが、胸の鼓動はさらに速くなってしまう。

ふいに頭の芯が重く痛んだ。思わず指先でこめかみを押さえる。しかし、頭痛はひどくなる一方だ。

「いつですか。奥さんが頭を打ったのって、いつのことですか」

頭が割れるように痛むが、質問をやめるつもりはなかった。

「確か、十日ほど前の金曜日……」

涼子の声が、だんだん小さくなっていく。そして、とまどった瞳を純也に向けてきた。

「わたしも悪いと思ったのよ。奥さんが大変なときに、会うのはよくないんじゃないかって……」

非難されていると思ったのかもしれない。涼子は涙目になり、申しわけなさそうにつぶやいた。

「な、名前は……奥さんの名前はわかりませんか？」

頭痛で顔をしかめながらも、つい前のめりになって尋ねてしまう。だが、涼子は困惑した様子で首を振る。

「ごめんなさい……」

「い、いえ……俺のほうこそすみません、つい……」

いったい、どういうことだろうか。

剛太郎の妻は、やはり京香としか思えない。そうなると、妄想のなかの京香は真実を話していたことになる。夫は剛太郎という名前で、この一〇四号室で不倫をしていると言っていたのだ。

京香が純也の夢や妄想だとしたら、純也の知らない情報を話すはずがない。考えると頭痛がひどくなる。

なにが起きているのか、さっぱりわからない。とにかく、一刻も早く本当のことを知りたかった。

5

夕方、京香が入院している総合病院に向かった。

涼子と麻里には悪いと思ったが、急いで自分の部屋に戻り、シャワーをさっと浴びて飛び出した。

病院に到着すると、入院病棟のナースステーションに立ち寄った。

京香が入院している病室を尋ねる。そのとき、自分はアルバイト先の同僚であることと、転倒事故の現場に居合わせたことを告げた。

「旦那さんはお見舞いに来られていますか？」

さりげなく聞いてみると、若い看護師は少しとまどった顔になる。そして、一度も来ていないと小声で教えてくれた。

剛太郎なら、あり得ると思った。妻が意識不明で入院しているのに、構うことなく涼子と不倫を楽しんでいるのだ。やはり剛太郎が、京香の夫のような気がしてならなかった。

教えてもらった病室に向かう。長い廊下を進んだ奥に、京香が入院している個室があった。

ドアの横の壁に、プラスティックの名札が出ていた。そこに「三好京香」と書いてあった。

ノックするが返事はない。ドアをそっと開けてみる。入口からベッドの端が見えた。しかし、布団が盛りあがって人が横たわっているのはわかるが、顔までは確認できなかった。

「失礼します」

声をかけてから、恐るおそる病室に足を踏み入れた。

歩を進めるにつれて、ベッドの上がだんだん見えてくる。純也はベッドの足もとで立ちつくした。

そこに横たわっているのは、間違いなく京香だった。

身体には布団がかけられており、薄ピンクの入院着がチラリと見える。点滴を打っているが、それ以外は変わった様子がない。さまざまな機材につながれている姿を想像していたが、そんなこともなかった。容態が安定しているということだろうか。

睫毛をそっと伏せた顔は、少しやつれた気もするが、ただ眠っているだけに見える。

「京香さん……」

思わず声をかけていた。

しかし、京香はまったく反応してくれない。穏やかな表情で、静かに目を閉じていた。

覚悟はしていたつもりだが、実際に意識不明の姿を目の当たりにしたショックは大きかった。京香がこんな状態になっていたというのに、どうして忘れていたのだろうか。

「目を覚ましてください」

信じたくなくて、再び語りかける。だが、返事があるはずもない。

「そんな、ウソだろ……」

膝から力が抜けそうになり、ベッドのパイプをつかんで体を支えた。

「おっ、ここか」

そのとき、誰かが独りごとを言いながら病室に入ってきた。振り返ると、驚いたことに剛太郎だった。

「あんたは？」

目が合ったとたん、剛太郎は怪訝な顔をした。

どうやら、居酒屋で殴ったことを覚えていないらしい。無遠慮に純也の顔をのぞきこんできた。

「同僚です。バイト先の……」

「ああ、あの居酒屋か」

興味を失ったのか、剛太郎はそれ以上なにも言わない。純也の横を通りすぎると、ベッドの横に立った。

「寝てるみたいだな」

妻の顔を見おろしてつぶやくと、スーツのポケットから一枚の紙を取り出して枕もとに置いた。

「目が覚めたら、これにサインしておけよ」

聞こえるはずもないのに、京香に語りかける。

人をいやな気分にさせる乱暴な口調だ。それだけ言うと、剛太郎は早々にベッドを離れた。

そして、純也の横を通りすぎようとしたときだった。

「あんたからも言っといてくれ」

思い出したように話しかけてきた。やはり、横柄な口調だ。少なくとも人にものを頼む感じではなかった。

「それ……なんですか」

純也はむっとしながら、枕もとに置かれた紙に視線を向ける。

「離婚届だよ」

剛太郎は面倒くさそうにつぶやいた。

妻が大変なときなのに、いっさい心配する素振りもなく、平気で離婚しようとしている。どこまで薄情な男なのだろう。

「あんた、最低だな」

病室から出ていこうとする剛太郎の背中をにらみつけた。

「なんか言ったか？」

ドアを開けた剛太郎が、立ちどまって振り返る。

「はじめて見舞いに来たと思ったら、離婚届かよ」

ここが病院だということを忘れたわけではない。しかし、こみあげる憤怒を抑えることができなかった。

「おまえみたいなガキになにがわかる」

まるで相手にしていないという態度が、よけいに腹立たしい。純也は無言で歩み寄ると、いきなり剛太郎の顔面を殴りつけた。

拳に確かな感触があった。人を殴ったのはこれがはじめてだ。しかし、剛太郎は倒れなかった。

「てめえ、なにすんだっ」

怒声が廊下まで響き渡る。剛太郎は激昂すると、胸ぐらをつかんできた。

「先に殴ったのはあんただろ。この前のお返しだよ」

言い終わると同時に殴られる。

反撃を試みて両手を振りまわすが、そもそも殴り合いの喧嘩などしたことがない。もはや一発もパンチを当てられず、一方的に殴られた。それでも、一歩も引くつもりはなかった。

（こいつだけは絶対に許さない）

純也はサンドバッグのように殴られながらも奥歯を食いしばり、男の顔をにらみつづけた。

第五章　新居でふたりきり

1

翌日、純也は再び病院を訪れた。

両瞼が腫れあがり、唇の端が瘡蓋《かさぶた》になっている。しかし、たいした怪我ではない。こんなものは放っておいても自然に治る。今は意識不明の京香のことが心配でならなかった。

昨日は剛太郎に何発も殴られた。騒ぎを聞きつけた看護師が数人駆けつけなければ、純也の顔面はもっと腫れあがっていただろう。そのあと、ナースステーションに連れていかれて、こっぴどく叱られた。

剛太郎はこいつが先に殴ってきたと騒ぎ立てたが、純也はいっさい言いわけをしなかった。その代わり謝罪することも徹底的に拒絶した。

病院で殴りかかったのは事実だ。悪いのは自分だとわかっているが、この男に頭をさげるのだけは我慢ならなかった。

ただひとつ救いだったのは、看護師たちも剛太郎に懐疑的だったことだ。意識のない妻の枕もとに離婚届を置くという行為が、怒りを買ったのは言うまでもなかった。

ナースステーションに立ち寄り、昨日のことを謝罪した。

剛太郎は許せないが、病院には迷惑をかけてしまった。入院している京香のためにも、きちんと謝っておくべきだと思った。

そして今、純也は病室にいる。

ベッドの横に置いてある丸椅子に腰かけて、横たわる京香の顔をじっと見つめていた。

布団の脇から彼女の腕が出ており、前腕の内側に点滴の針が刺さっている。それがなければ、静かに眠っているようにしか見えない。意識不明とは信じられなかった。

（どうして、こんなことに……）

京香の顔を見つめていると、胸にこみあげてくるものがある。

ずっと片想いをしていた。彼女の美しさとやさしさに惹かれて、どこか陰のあるところが気になった。少しでも近づきたくて、純也も居酒屋でアルバイトをはじめたのだ。

それなのに、照れくさくてまっすぐ見ることができなかった。

でも今は、どんなに凝視しても、京香が目を開けることはない。こんな状態になって、はじめて彼女の顔をまじまじと見つめることができるとは、なんとも皮肉なものだった。

枕もとには離婚届が置いてある。剛太郎の仕打ちを思い返すと、京香が不憫でならない。

「京香さん……」

思わず彼女の白い手を握りしめた。

「うっ……」

そのとき、頭に痛みが走った。

それと同時に、京香が倒れたときの詳細な記憶がよみがえる。あれは先々週の金曜日のことだった。

数日前から京香の元気がないのが気になっていた。

今にして思えば、夫の浮気を知ったことでショックを受けていたのかもしれない。そして、あの日、アルバイトで居酒屋に向かうと、先に来ていた京香が深刻な顔で話しかけてきた。

「吉岡くんの住んでいるアパートって、この近くでしたよね」

「ええ、歩いてすぐのところです」

「このあたりのアパートって、学生さんが多いのですか」

「そうだと思います。大学が近いから」

そんなやり取りのあと、京香はなにかを考えこむような顔になった。

「希望荘って、聞いたことありますか」

「そこ、俺が住んでるアパートですよ」

驚きの声をあげると、京香も目をまるくした。

「じゃあ、一〇四号室に住んでる人、どんな人かわかります?」

「一〇四って隣ですよ。俺、一〇三ですから。でも、一〇四の人に会ったことないですね。ほとんど、いないと思います」

どうして、そんなことを聞くのか不思議に思った。

「なにかあったんですか？」

「ちょっと、気になることがあって……一〇四に住んでいる人のことが知りたいんです。ヘンなこと頼むようですけど、なにかわかったら教えてもらえないでしょうか」

「構いませんけど」

そんな話をしているうちに開店時間を迎えた。

理由を詳しく聞けないまま忙しくなり、京香は足を滑らせて転倒した。あのとき、いちばん近くにいたのは純也だ。とっさに助けようとして抱きしめたが、そのままいっしょに倒れてしまった。

（そうだ、あのとき……）

純也も頭を床に強く打ちつけたのだ。

そのことを、今の今まで忘れていた。もしかしたら、軽い記憶喪失だったのかもしれない。京香が入院したことを忘れていたのも、おそらくそれが原因だったのだろう。だが、あのときはすぐに起きあがることができた。だから、周囲の人たちも気づかなかった。

ところが、京香は打ちどころが悪く、意識を失っていた。そして、救急車が呼ばれて病院に搬送されたのだ。

そのあと、京香がひとりで現れてカウンター席に座った。

入院した直後だから、あり得ない。あれは、やはり夢だったのだろう。純也も頭を打ったことで、夢と現実の区別がつかなくなっていたのではないか。そう考えるしか説明がつかなかった。

（それに、あの壁の穴……）

さらに記憶がよみがえってきた。

京香が一〇四号室の住人を気にしていたので、監視しようと思った。彼女のためになにかしたかった。そして、翌日、ホームセンターでハンドドリルと補修テープを買い、壁に小さな穴を開けたのだ。

普通の状態なら、そんなことはしない。明らかな犯罪行為だ。だが、あのときは頭を打った影響で、正常な判断ができなかったのだろう。

そして、数日後に壁の穴を発見した。そのときは体調が戻っていたが、自分が穴を開けた記憶は抜け落ちていた。

ここ数日、ときどき頭痛に襲われていた。きっと頭を打った影響が残っていたのだろう。

（そうか……そういうことだったのか）

頭のなかの霧が晴れた気分だ。しかし、気分は晴れなかった。

それに、まだひとつ、大きな謎が残っている。純也の部屋に現れた京香は、純也が知り得ない情報を話していた。一〇四号室で不倫をしている男が、自分の夫だと告げたのだ。

（あの京香さんが俺の夢なら、俺の知らないことは話さないはずなのに……）

いくら考えてもわからない。

それより今は、目の前の京香のことだ。少しでも早く意識が戻ることを祈っている。そして、以前のようにやさしい笑顔を見せてほしかった。

（どうか、よくなってください）

京香の手を両手でしっかり握りしめる。そして、声に出して呼びかけた。

「早く目を覚ましてください」

意識のない京香には聞こえていないだろう。それでも、なにがきっかけで回復するかわからない。とにかく、懸命に語りかけた。

「俺、京香さんのことが好きなんです。お願いです。目を開けてください」

感情が昂りすぎて、涙が溢れそうになる。慌てて奥歯をぐっと嚙み、なんとか心を落ち着かせた。

「えっ……」

握りしめた京香の手を見つめる。指先が少し動いた気がした。

「きょ、京香さん?」

顔をのぞきこんで呼びかける。すると、睫毛が微かに震えて、閉じていた瞼がゆっくり開いていく。

「よ……吉岡くん」

かすれた声だが、確かに京香が呼びかけてくれた。

眩しげに目を細めて見つめてくる。口もとには、微かな笑みが浮かんでいる気がした。

「きょ、京香さん、わかりますか。ここは病院ですよ」

純也は必死に語りかける。胸に熱いものがこみあげて、気づいたときには涙が溢れ出していた。

「よかった……よかったです」

なにを言えばいいのかわからない。とにかく、うれしかった。こうして再び言葉を交わせる幸せが、胸いっぱいにひろがっている。

「あ、ありがとう、ございます……」

京香がぽつりとつぶやいた。彼女の瞳にも涙が滲んでいる。そして、純也の手を握り返してきた。

「吉岡くんの手……感じてました」

その言葉に、また涙が溢れてしまう。

手を握ったままだった。だが、今は恥ずかしさなど微塵も感じなかった。

ナースコールのボタンを押して、京香の意識が戻ったことを伝える。すぐに看護師と医師がやってきた。

2

ひととおり診察を終えて、看護師と医師は病室から出ていった。

とりあえず健康状態は良好だという。念のため、二、三日様子を見て、大丈夫そうなら退院できることになった。

「本当によかったです」

それ以外の言葉が出てこない。いろいろなことがあったが、京香が元気になってくれればそれでよかった。

「吉岡くんのおかげです」

京香が微笑を浮かべる。水を飲んで喉を潤したことで、声がかすれなくなっていた。

「俺は、なにもしてないです」

後ろめたさがこみあげる。なにしろ、彼女が入院していることを忘れていたのだ。見舞いに来たのも昨日がはじめてだった。

「手を握ってくれたじゃないですか」

「そ、それは……」

急に恥ずかしくなり、顔が熱くなってしまう。今、鏡を見れば、きっとまっ赤になっているだろう。

「それに、吉岡くんの声も聞こえました」

「き、聞こえてたんですか？」

自分の言葉を思い出し、さらなる羞恥がこみあげた。

「吉岡くんの気持ちが伝わってきたんです。それがあったから、目が覚めたんだと思います」

京香はそう言うと、手をそっと伸ばしてくる。

純也は照れながらも、彼女の手をしっかり握りしめた。指をからませる恋人つなぎだ。こうしていると、心までつながる気がした。

「今日だけじゃないの。昨日も聞こえていました。よくわからないけど、身体は動かないまま意識だけが戻っていたんです」

それは驚きの告白だった。

昨日、純也が見舞いに訪れたところから覚えているという。そのあとで剛太郎が来たことも、離婚届を置いていったことも、そして、純也と殴り合いになったことも知っていた。

「騒いでしまって、すみませんでした」

昨日のことを思い出して謝罪する。いくら腹が立ったとしても、病院で殴るべきではなかった。

「ううん、うれしかったです」

京香はそう言って微笑を浮かべる。純也は意味がわからず首をかしげた。

「だって、吉岡くんが怒ってくれたから……」

「どうしても許せなくて……結局、やりかえされちゃいましたけど」

殴り合いの喧嘩は向いていないとよくわかった。自嘲的につぶやき、自分の腫れた瞼を指さした。

「わたしのために……ありがとうございます」

京香は礼を言ってくれるが、感謝されるようなことはしていない。純也は返答に困って視線をそらした。

「吉岡くんの気持ちに気づいていたの……でも、結婚していたから……」

じつは以前から、夫と別れ話をしていたという。

だが、まだ離婚が成立したわけではないので、純也の気持ちを受け入れるわけにはいかなかった。

「わたしが落ちこんでいると、いつも励ましてくれてましたね。この間、転んだときは、吉岡くんが庇《かば》ってくれたから、これくらいの怪我ですみました」

「あのときのこと、覚えてるんですか」

「ええ、吉岡くんが抱きしめてくれたときに強く思ったんです。この人といっしょにいたいって」

京香はそう言って、手を強く握ってくれた。

あれはとっさの出来事だった。京香は両手に皿を持っていたため、そのまま転倒したら、もっと大きな怪我をしていたはずだ。なんとかして守らなくてはと必死だった。

結局、ふたりは抱き合ったまま転倒した。そして、同時に頭を打ったのだ。

（確か、俺もあのとき……）

この人といっしょにいたい。そう思ったのではなかったか。

偶然にも、ふたりはまったく同じことを考えていた。互いの胸のうちを知る由はなかったが、じつは強く惹かれ合っていたのだ。

「眠っているように見えましたけど、意識はあったんですか？」

「自分でもよくわからないの。でも、ときどき夢を見ていました。笑わないでくださいね」

京香がぽつりぽつりと語りはじめる。

「わたしが居酒屋に行く夢です。吉岡くんはアルバイト中で、わたしはカウンター席に座りました」

「それで？」

不思議な感覚が胸の奥にじんわりひろがっていく。まさかと思いながら先をうながした。

「なぜか誰も気づいてくれないんです。店長は料理を作っていて、麻里ちゃんは接客中でした。夫もカウンター席にいたけど、見向きもしてくれなくて……でも、吉岡くんだけが気づいてくれるんです」

純也が経験したこととそっくりだ。思わず怪訝な顔をすると、京香は首をかしげた。

「どうかしましたか？」

「い、いえ……ほかには？」

「希望荘に行く夢も見ました」

京香はそこまで言うと、少し迷った様子で黙りこんだ。

「じつは、一〇四号室で夫が不倫相手と会っていたんです」

意を決したように切り出した。それは、純也が夢のなかで聞いた話と同じだった。

「それで、夢のなかで合鍵を作って、一〇四号室に侵入するんです。そうしたら壁に穴が開いていて――」

「そのあと、俺の部屋に来るんですよね」

純也は思わず口を挟んだ。

すると、京香は目を見開いて黙ってしまう。そして、不思議そうに純也の目を見つめてきた。

「俺も知ってます。さっきの居酒屋の話も」

「……どうして？」

「わかりません。でも、俺も京香さんと同じ夢を……俺は自分が勝手に考えたことだと思っていたんですけど……」

ふたりは同じ記憶を共有している。

いったい、なにが起こったのだろうか。京香が意識不明で入院していたのは間違いない。だが、今、京香から話を聞いたことで、ますます現実との区別がつかなくなった。

「あれは、夢なんかじゃない……」

確かに京香と抱き合った記憶がある。あの夜、京香がやさしく筆おろしをしてくれたのだ。

「そんなはず……わたしは、ずっとここに……」

「それはわかっています。でも、あの夜、京香さんは俺の部屋に来てくれたじゃないですか」

純也は夢や妄想ではないと確信している。しかし、京香は首をゆるゆると左右に振った。

「俺、はじめてでした。京香さんが俺を男にしてくれたんです」

「どうして、そのことを……」

「だから、言ってるじゃないですか。あれは本当にあったことなんです」

つい力説してしまう。

だが、京香は視線をそらして黙りこむ。彼女は意識が戻ったばかりだ。いきなり、こんな話をされて困惑しているのだろう。

(なにか決定的な証拠があれば……)

純也は何日もかけて、この不思議な現象と向き合ってきた。しかし、京香は急に言われたのだ。受け入れるのに時間がかかるのは当然だった。

「そうだ。黒子……」

ふと思い出した。

「京香さん、黒子がありますよね。あの、ここに……」

言葉にするのは憚られて、純也は自分の右胸を指で示す。

「えっ……」

京香が驚いた顔をする。やはり、間違いないと確信した。

「俺、見たんです。はっきり覚えています」

右の乳首の下に黒子があった。色っぽかったので印象に残っていた。

「これで信じてもらえましたか」

純也が問いかけると、もう京香は否定しなかった。

（なにかあるとしたら……）

居酒屋で転倒した場面が脳裏に浮かんだ。

あのとき、ふたりは互いのことを想いながら、抱き合った状態で同時に頭を打ちつけた。京香は意識を失い、純也は一時的に意識が混濁した状態に陥った。あの瞬間、科学では説明がつかない現象が起きたのではないか。

（俺と京香さんの意識が……）

どこかでつながったのかもしれない。

あり得ないことだとわかっている。だが、本人に会わなければわからないことを知っているのだ。ふたりの想いがひとつになったことで、奇跡が起きた。ある種の超常現象——そう考えるしか説明がつかない。

京香の意識が肉体を抜け出して、純也の目の前で実体化した。そして、ふたりは確かに愛し合ったのだ。

「それじゃあ……」

長い沈黙のあと、京香が静かに口を開いた。

「本当に、わたしが吉岡くんのはじめての女なんですね」

ふたりの視線がからみ合う。

「そうです。俺のはじめては、京香さんです」

純也が力強く言いきると、京香は恥ずかしげに微笑んだ。

3

京香は意識が戻ってから二日後に退院した。

それから、さらに二週間が経っている。その間に大きな動きがあった。剛太郎と離婚が成立して、自由の身になったのだ。京香が家を出る形で、新しい一歩を踏み出していた。

その一方で、剛太郎と涼子は別れたらしい。

涼子から別れ話を切り出して、剛太郎はみっともなく縋《すが》りついたという。京香と離婚して、若い愛人との甘い生活を夢見ていたのだろう。だが、涼子の決意は堅く、頑として譲らなかったと聞いている。

すべて麻里からの情報だ。

ファザコンであることは変わらないが、不倫はやめようと決めたらしい。純也とセックスしたことで、若い男も守備範囲に入ったという。ミス・キャンパスの涼子なら、すぐに新しい恋が見つかるだろう。自分も少しは役に立てたかもしれないと思うと、素直にうれしかった。

そして、純也は居酒屋小鉄でのアルバイトに復帰していた。

星野が厨房に立ち、麻里がてきぱきと動いている。純也も汗水垂らして働いているが、まだまだ麻里には敵わない。

「純也、もうあがっていいぞ」

まだ閉店の十一時前だが、星野が声をかけてきた。

「今日は暇だからよ。帰って休め」

「でも……」

客席を見まわすと、確かにいつもより空いている。しかし、閉店後の片づけを考えると、ここで帰るのは気が引けた。

星野はすでに背を向けて、調理に取りかかっている。純也の話を聞く気はなさそうだ。

「いいんじゃない。店長が言ってるんだから」

声をかけてきたのは麻里だ。今夜もミニスカートにTシャツという健康的な格好で、大きな乳房を弾ませていた。

「あの人も口下手だからね。あれで気を使ってるんだと思うよ」

麻里がからかうような目になった。

「待ってる人がいるんでしょ」

「べ、別に……」

「いいから、早く帰りなさい」

背中をバシッとたたかれる。麻里もそう言ってくれたので、おとなしく帰ることにした。

それにしても、最近の星野と麻里の息はぴったりだ。

星野は三十八歳で少し年上だが、独身なので問題ない。ふたりは案外、気が合うのかもしれない。星野と麻里がくっついたら、いい雰囲気になりそうだ。きっと店はもっと繁盛するだろう。

「じゃあ、お先に失礼します」

ふたりに感謝して、先にあがらせてもらう。

居酒屋を出ると、自然と歩調が速くなる。普通に歩いてもすぐなのに、気づくと小走りになっていた。

数分で希望荘が見えてくる。

純也は一〇三号室の前を通りすぎて、一〇四号室の前に立った。呼び鈴を鳴らすと、すぐに足音が近づいてきた。

「はーい」

弾むような声が聞こえてドアが開く。顔をのぞかせたのは、赤いエプロンをつけた京香だ。

「おかえりなさい」

満面の笑みで迎えてくれる。それがうれしくて、純也も思わず笑顔になった。

「ただいま」

「どうぞ、あがってください」

「では、失礼します」

スニーカーを脱ぐと、あらたまった気持ちで部屋に足を踏み入れた。

じつは今日、京香は希望荘の一〇四号室に入居した。夫と暮らしていた家を出てから、友人宅に身を寄せていたのだ。離婚協議を重ねていたため、一応、純也の部屋ではなく友人宅にした。

そして、離婚が成立して、この部屋に引っ越してきた。昼間、純也も荷物の搬入を手伝ったが、片づいたところを見るのはこれがはじめてだ。

かつての殺風景な部屋ではない。淡いピンクの絨毯が敷かれており、小型のテレビやローテーブル、それに新しいベッドも置いてあった。

以前は夫が不倫部屋として使っていたが、その名残はいっさいない。とはいっても抵抗はあったはずだ。それでも、京香は純也の近くに住むことを選んでくれた。これからは、隣同士で暮らせるのだ。

ちなみに壁の穴は、大家さんによって補修されている。塞がれてしまったのはちょっと残念な気もするが、ふたりは交際することになったので問題ない。部屋を行き来すればいいだけの話だ。

「片づけ、大変でしたね」

「楽しみながらやっていましたから大丈夫です」

こんな会話を交わすだけでも心が弾む。意味もなく、ついつい頬がほころんでしまう。

「ずいぶん早かったですね」

「うん、店長が気を使ってくれたんです」

星野も麻里も、純也と京香の関係を知っている。じつは、京香も来週から居酒屋のアルバイトに復帰することになっていた。

「ご飯にしますか。それとも――」

京香が言い終わる前に抱きしめる。そして、いきなり唇を奪った。

交際することになり、京香の呼び方が「純也さん」に変わっていた。最初はさん付けが照れくさかったが、ようやく慣れてきたところだ。

「ウンンっ、じゅ、純也さん」

「ご飯の前に、京香さん……うむっ」

舌をからめて、甘い唾液を吸いあげる。

抱き合ってキスをしながら、互いの服を脱がしにかかった。

純也は彼女のエプロンを取り去り、ブラウスのボタンを上から順にはずして前をはだけさせる。京香は純也のTシャツをまくりあげて頭から抜き取り、ジーパンに手を伸ばしてきた。

その間も舌をヌルヌルとからめ合い、少しずつベッドに移動していく。

自然と壁に目が向いた。のぞき穴は補修されており、まったくわからなくなっている。あの穴を開けていなかったら、今ごろどうなっていたのだろう。少なくとも、こうして京香と結ばれることはなかった気がする。

部屋の入口から奥のベッドに向かって、ふたりの服が点々と落ちていた。

ブラウスにつづいてスカートもおろし、京香が身に着けているのは純白のブラジャーとパンティだけになっている。純也もジーパンを脱がされて、あとはグレーのボクサーブリーフだけだった。

「純也さん、明かりを……」

ブラジャーのホックに指をかけると、京香が小声でつぶやいた。

京香は退院してから今日まで忙しかったため、ふたりでゆっくりする時間がなかった。こうして抱き合うのは、じつは初体験以来だ。

二度目なのに、京香はしきりに恥じらっている。

そんな彼女の姿に、純也の欲望は煽られてしまう。すでにペニスは芯を通しており、ボクサーブリーフの前が大きく盛りあがっている。亀頭の先端部分には黒い染みがひろがっていた。

「暗くしたら、京香さんのきれいな裸が見えなくなっちゃいますよ」

ホックをプツリとはずせば、乳房の弾力でカップが弾け飛ぶ。それと同時に双つの柔肉がプルルンッと勢いよくまろび出た。

「あンっ……」

京香が小さな声を漏らして頬を赤く染める。

だが、純也は遠慮することなく乳房を眺めまわす。たっぷりしたふくらみを下から掬いあげるようにして揉みあげた。

濃いピンクの乳首はまだ柔らかい。そして、右側の乳首の下には小さな黒子があった。肌が雪のように白いため、そのワンポイントが初体験のときから印象に残っていた。

「すごくきれいです」

乳房をゆったり揉んで、指先で乳首をそっとつまみあげる。すると、女体が驚いたようにピクッと反応した。

「ああっ、恥ずかしいです」

京香は視線をそらしてつぶやくが、乳首は瞬く間に充血して硬くなる。まるで愛撫を求めるように、乳輪までふっくら盛りあがった。

「今日まで、ずっと我慢してました。早くこうしたかったんです」

声をかけながら、指先で乳首をクニクニと転がした。

「あっ、そ、そんな……」

京香は抗議するようにつぶやくと、反撃とばかりにボクサーブリーフを引きさげる。そして、剝き出しになったペニスに指を巻きつけて、さっそくゆるゆるとしごきはじめた。

「ううっ……じゃあ、俺も遠慮はしませんよ」

純也もパンティに指をかけると、わざと辱《はずかし》めるようにゆっくり引きさげる。少しずつ恥丘が見えてきて、やがて濃厚な陰毛がふわっと溢れ出した。

「い、いや……」

やはり京香は恥じらいの声を漏らして身をよじる。それでも、太幹に巻きつけた指を離そうとしない。手首を返してゆったりしごいては、指先で敏感な尿道口をいじってきた。

「うくっ……そ、そこ、気持ちいい」

純也は呻き声を漏らすと、彼女の股間に指を滑りこませる。すでに割れ目はヌルヌルになっており、軽く押しただけで指先が膣口に吸いこまれた。

「ああンっ、立ったままなんて……」

とたんに京香の唇から喘ぎ声が溢れ出す。早くも膝が震え出して、立っていられない感じだ。

「じゃあ、ベッドにあがってください」

脚にからんでいたパンティを抜き取り、一糸纏わぬ姿になった京香をベッドに誘導する。

そして、純也が先に仰向けになり、京香の身体を逆向きにして自分の上に乗せあげた。京香は純也の顔をまたぎ、裸体をぴったり重ねた状態になる。互いの股間が眼前に迫るシックスナインの体勢だ。

純也の目の前には、濃い紅色の陰唇がある。興奮しているのか、濡れそぼった二枚の花弁が静かにうねっていた。

京香のすぐ前にはそそり勃ったペニスがある。これでもかと勃起しており、先端から大量の我慢汁が溢れていた。

「こんな格好……」

京香は困惑した声を漏らすが、指を太幹にからめてくれる。そして、熱い吐息を吹きかけながら、亀頭をぱっくりと咥えこんだ。

「おおっ……お、俺も……」

快楽の呻きを漏らしながら、愛蜜で濡れた女陰にむしゃぶりつく。唇を押し当てるなり、舌を伸ばして蕩けた花弁を舐めあげた。

「はああンっ、そ、そんなことされたら……」

京香の内腿が小刻みに痙攣する。割れ目から新たな華蜜が溢れ出し、チェダーチーズを思わせる芳醇な香りがひろがった。

女陰の狭間に舌先を浅く潜りこませる。そして、上端に向かって、じわじわと滑らせていく。媚肉の柔らかさと華蜜の甘さを堪能しながら、やがてクリトリスに到達した。

「あううッ」

敏感な部分に刺激を受けた反射で、京香がペニスを思いきり吸いあげる。我慢汁を飲みくだし、さらには首をリズミカルに振りはじめた。

「くううッ、す、すごいっ」

純也もクリトリスに唾液を塗りつけては、チュウチュウと吸い立てる。

肉芽は硬く充血することで感度があがるらしい。執拗に刺激すれば、京香は熟れた双臀を右に左にくねらせた。純也は両手をまわしこんで尻たぶをがっしりつかみ、とがらせた舌先を膣口に埋めこんだ。

「ああンっ、も、もう……もうダメです」

先に弱音を吐いたのは京香だ。愛撫をつづけられなくなり、ペニスを吐き出して喘ぎはじめた。

「あっ……あっ……」

京香の声を聞いていると、純也も急激に高まってしまう。

早くひとつになりたくて仕方がない。女体の下から這い出るなり、四つん這いになった京香の背後で膝立ちになる。むっちりした尻を両手でつかみ、臀裂を左右に割り開いた。

「京香さん、挿れますよ」

返事を待っている余裕はない。剝き出しになった女陰に亀頭を押し当てる。クチュッという湿った音に誘われて、そのまま腰を送りこんだ。

「ああアッ、純也さんっ」

京香が甘い声をあげて、名前を呼んでくれる。それがうれしくて、ペニスをどんどん埋めていく。二枚の陰唇を巻きこみながら、太幹が蜜壺のなかにずっぽりはまった。

「ううッ……京香さんのなか、すごく熱いです」

快感は大きいが、はじめてのときよりは余裕がある。純也もそれなりに経験を積んでいた。

「じゅ、純也さんも……熱い」

京香が振り返り、濡れた瞳で見つめてくる。視線が重なることで、さらに気分が高揚した。

休むことなく腰を振りはじめる。むっちりした尻たぶをわしづかみにして、太幹をグイグイ送りこむ。挿入するときは二枚の女陰を巻きこみ、後退させるときは愛蜜が溢れ出す。

抜き差しするたび、ヌチャッ、クチュッという蜜音が響き、そこに京香の喘ぎ声が重なった。

「あンっ……ああンっ」

甘い声をあげてくれるから、ますますピストンに熱が入る。くびれた腰をしっかりつかみ、股間を尻たぶに打ちつけた。

「あアッ、は、激しいですっ」

「も、もっと、ううッ、もっと感じてください」

純也の声も快感でうわずっている。それでも、腰振りの速度はいっさい落とさない。すでにペニスは透明な愛蜜でコーティングされて、ヌラヌラと妖しい光を放っていた。

「ああッ、ああッ、い、いいっ」

京香の喘ぎ声が大きくなる。なめらかな背中が反り返り、中央の窪みが艶めかしい曲線を描き出す。男根を打ちこむたび、黒髪がうねるのも色っぽい。抽送に合わせて、女体が前後に揺れはじめた。

「そ、そんなに締められたら……くううッ」

膣が収縮と弛緩をくり返し、太幹を刺激してくる。射精欲を煽られて、慌てて奥歯を食いしばった。

「ああッ、だ、だって、純也さんが……」

振り返った京香の顔は蕩けきっている。激しいピストンで昇りつめる寸前まで高まっていた。

「京香さん、最高です、おおおッ」

感情が高まり、ペニスを勢いよく抜き差しする。カリで膣壁をえぐれば、女体はビクビク震え出した。

「あああッ、す、すごいっ、はあああッ」

京香が腰をよじり、あられもない嬌声を振りまきはじめる。背中をさらに反らして、ヒップを後方に突き出した。

「あううウッ、い、いいっ、イクっ、イキますっ、はあああああッ！」

ついに京香が絶頂を告げながら昇りつめていく。尻たぶに痙攣を走らせて、両手でシーツを握りしめる。女壺がこれでもかと締まり、まるで万力のようにペニスを締めつけた。

「くううウッ」

純也は全身の筋肉を力ませて、押し寄せてきた射精欲を耐え忍ぶ。この夢のような時間を、まだ終わらせたくない。少しでも長持ちさせて、幸せを噛みしめたかった。

（ま、まだ……まだイカないぞ）

できるだけ長くつながっていたい。その一心で、なんとか快楽の大波をやり過ごした。

京香は憧れの人妻だった。どんなに好きになっても、決して触れてはいけない存在だった。それなのに、今はこうして腰を振り合っている。こんな日が来るとは思いもしなかった。

「ああンっ、わたしだけなんて……」

絶頂の余韻のなかを漂いながら、京香が小声でつぶやいた。

「ごめん。でも、まだ終わらせたくなかったから……」

「わたしもです」

京香は結合を解くと、純也の手を引いて仰向けに横たえる。そして、頬を赤らめながら股間にまたがってきた。

「今度は、わたしが気持ちよくしてあげます」

両膝をシーツにつけた騎乗位の体勢だ。

普段は淑やかだが、ふたりきりになると大胆になる。そんな京香がたまらなく好きだった。

「あっ……ああっ」

右手で太幹をつかみ、亀頭を膣口に誘導する。尻をゆっくり落とすことで、ペニスが瞬く間に呑みこまれていく。

「ううッ、き、気持ちいいっ」

先ほどは我慢できたが、性感は限界まで高まっている。挿入しただけでも強烈な快感の波が押し寄せて、危うく暴発しそうになった。

「ああンっ、奥まで来てます」

京香がうっとりした顔でささやいた。

騎乗位はふたりがはじめて交わった思い出の体位だ。あのころ、純也はまだ童貞で、京香にやさしく筆おろしをしてもらった。

今ならはっきり言える。あれが純也の初体験だ。京香と経験できたことを幸せに思う。ふたりの思い出を胸に、これからの人生をいっしょに歩んでいくことを心に誓った。

「あっ……あっ……」

京香が切れぎれの喘ぎ声を漏らしながら腰を振る。陰毛同士が擦れ合って、乾いた音を響かせた。

「そ、それ、気持ちいいです」

純也は快楽に呻きつつ、両手を伸ばして乳房を揉みあげる。柔肉に指が沈みこむ感触を堪能して、先端で揺れる乳首をやさしく転がした。

「あンっ、また感じちゃいます」

困ったようにつぶやくが、京香はそのまま腰を振りつづける。結合部から聞こえる湿った音が、どんどん大きくなっていた。

「き、気持ちいい、京香さん、すごく気持ちいいです」

「わたしも……ああっ、すごく気持ちいいです」

視線を交わすことで、ふたりは身も心もひとつになる。

それでも、もっと深くつながりたい。純也は性器をつなげたまま上半身を起こすと、胡座をかいて女体を股間に乗せあげた。対面座位の体勢だ。身体をぴったり密着させることで、さらに一体感が高まった。

「ああンっ、純也さんが奥まで……ふ、深いです」

「でも、これが気持ちいいんですよね」

見つめ合うと、どちらからともなく唇を重ねていく。対面座位で腰を振り合いながら、舌をからめたディープキスで相手の唾液を味わった。

「ああっ、純也さん……好き、好きです」

「お、俺も、京香さんのことが大好きです」

キスをしてはささやき合うことで、多幸感がひろがっていく。

それと同時に興奮も高まり、真下からペニスを突きあげる。大量の華蜜と我慢汁で、結合部はお漏らしをしたような状態だ。純也の動きに合わせて京香も股間をしゃくり、太幹を猛烈に締めつけてきた。

「ううウッ、お、俺、もうすぐ……」

「あンっ、ああンっ、わ、わたしも……」

もう、ふたりが目指すところはひとつしかない。遠くに絶頂の大波が見えたと思ったら、猛スピードで迫ってくる。

「きょ、京香さんっ、くううッ」

「ああッ、あああッ、純也さんっ」

名前を呼び合い、対面座位できつく抱き合った。

京香の爪が背中に食いこむが、それすらも快感を高めるスパイスになる。純也はペニスを思いきり突きこみ、これ以上ない深い場所でつながった。

「あああッ、い、いいっ、純也さん、いっしょに」

「は、はい、俺も、気持ちいいですっ」

見つめ合って腰を振り、亀頭で膣の奥をかきまわす。すると、女壺がうねりを増して、太幹を締めつけた。

「おおおッ、で、出るっ、出る出るっ、くおおおおおおッ！」

「はあああッ、イ、イクっ、イキますっ、あぁあああああああッ！」

純也が精液を放出するのと同時に、京香が絶頂に昇りつめる。

ペニスが激しく脈動して、熱い粘液が勢いよく噴出した。鮮烈な快感と涙が溢れそうな多幸感が押し寄せる。快感に震える女体を強く抱きしめて、最後の一滴まで注ぎこんだ。

「あああッ、純也さん……」

京香は恍惚とした表情を浮かべながら、ザーメンを膣奥で受けとめる。両手両足で純也の体にしがみつき、同時に達する愉悦に酔いしれた。

オルガスムスを共有したことで、愛しさが胸にひろがっていく。ペニスを深く埋めこんだまま、唇を重ねて舌を京香の口に差し入れる。舌をからめとって吸いあげると、彼女もやさしく吸い返してくれた。

(京香さん、俺が必ず幸せにします)

純也は心のなかで語りかける。

すると、まるで熱い気持ちが伝わったかのように、京香の瞳から大粒の涙がポロポロと溢れ出した。

「うれしい……わたしのこと、離さないでくださいね」

「約束します。絶対に離しません」

おでこを押し当てて、至近距離で視線を重ねている。

ふたりは再び抱き合うと、これ以上ないほど熱い熱い口づけを交わした。片時も離れたくない。時間が許す限り、つながっていたかった。

(ああっ、なんて幸せなんだ……)

気持ちはどこまでも高揚する。

ふたりはつき合いはじめたばかりだ。これから先、いろいろなことがあるだろう。しかし、自分たちは心と心でつながっている。ずっと同じ道を歩んでいけると信じていた。

京香の肩越しに、補修された壁を見やる。

もう、自分たちに穴は必要ない。隣人の秘密をのぞき見る暗い快感を、胸の奥深くにしまいこんだ。

＊この作品は、書き下ろしです。また、文中に登場する団体、個人、行為などは実在のものとはいっさい関係ありません。

二見文庫

隣室《りんしつ》は逢《あ》い引《び》き部屋《べや》

2021年 8月25日　初版発行

著者　葉月奏太《はづきそうた》

発行所　株式会社 二見書房
東京都千代田区神田三崎町2-18-11
電話 03(3515)2311［営業］
03(3515)2313［編集］
振替 00170-4-2639

印刷　株式会社 堀内印刷所
製本　株式会社 村上製本所

落丁・乱丁本はお取り替えいたします。
定価は、カバーに表示してあります。

ISBN978-4-576-21121-3
https://www.futami.co.jp/

二見文庫の既刊本

いきなり未亡人

HAZUKI,Sota
葉月奏太

ある晩、大きな地震で伸彦は飛び起きた。アパートの外に出てみると、外廊下に女性がうずくまっていた。そのうえ素っ裸！　とにかく部屋に入れると、彼女は夫を5年前に亡くしているという。そんな話を聞くうちに突然彼女に咥えられ……。これを機に、彼の周囲で淫らなことが頻発し——。気鋭が放つ驚愕の書下し官能エンタメ！

二見文庫の既刊本

もうひとりの妻

HAZUKI,Sota
葉月奏太

妻が旅行から帰宅した。が、武彦の妻・有沙ではなかった。にもかかわらず、妻としてふるまう女。妻の携帯にかけても、鳴るのは女の携帯。静観を決めこんだその夜、迫られて「妻とは別人の女」との行為にのめり込んだ彼。何が起きているのかを解明すべく、本当の妻を知る女性たちを訪ねていく先々で……。今一番新しい形の書下し官能エンタメ！

人妻のボタンを外すとき

HAZUKI,Sota
葉月奏太

24歳で童貞の伸一は前々から気になっていた花屋の女性と話しているうちに彼女に小さなボタンのようなものがあるのを発見する。これには秘密があるようで、なんと彼女と結ばれることに。また、コンビニの女性や取引先の窓口の女性にも同じものが……。ボタンとセックスの関係はよくわからないまま、関係を持っていくのだが——。今一番最前線の官能エンタメ書下し！

二見文庫の既刊本

私の彼は左向き

HAZUKI,Sota
葉月奏太

ある日病室で目覚めた辰樹。看護師によると、半年間眠り続けていたという。弟の寅雄と交通事故にあい、彼の臓器を移植することで一命をとりとめたらしい。その後、カノジョとセックスするのだが、今までと変化が。時間をかけるようになり、さらに右向きだった肉茎が時に左になったかと思うと、違うセックスになるのだったが――最前線の官能エンタメ書下し!

葉月奏太
私の彼は左向き
曲がり方が違うの、ほら

二見文庫の既刊本

親友の妻は初恋相手

HAZUKI,Sota
葉月奏太

陽二郎は、ひと月前から付き合いはじめた後輩社員の七海を大学時代からの親友の大悟とその妻・麻里奈に紹介する予定になっていた。ところが大悟と七海が急用で出かけてしまい、麻里奈と二人きりに。実は、彼女こそ大学時代からずっと慕い続けていた女性だった。思い出話をしているうちに、彼女の手が彼の太腿に添えられて……。書下しエンタメ官能！